JOURS D'ORAGE

Du même auteur

Inconnu à cette adresse, Autrement, 1999 ; Le Livre de Poche, 2007.
Jour sans retour, Autrement, 2002 ; Le Livre de Poche, 2003.
Ainsi mentent les hommes, Autrement, 2004 ; Le Livre de Poche, 2008.
Ainsi rêvent les femmes, Autrement, 2006 ; Le Livre de Poche, 2008.

Kressmann TAYLOR

JOURS D'ORAGE

Traduit de l'anglais (États-Unis)
par Samuel Sfez

Flammarion
Québec

Catalogage avant publication de Bibliothèque et Archives nationales du Québec et Bibliothèque et Archives Canada

Taylor, Kathrine Kressmann

Jours d'orage

Traduction de : Storm on the rock.

ISBN 978-2-89077-340-0

I. Sfez, Samuel. II. Titre.

PS3539.A94S8614 2008 813'.54 C2008-940721-0

Titre original : *Storm on the rock*

ISBN : 978-2-89077-340-0
Dépôt légal BAnQ : 2e trimestre 2008
Imprimé en France
www.flammarion.qc.ca

Pour J. R.

« Quel labyrinthe inextricable
que le bonheur de l'Homme ! »

John Donne, *Devotions* XIV.

Avant-propos

Le village de Rocca al Sole n'existe sur aucune carte de la Toscane. On retrouve cependant, dans les dizaines de villes médiévales qui entourent Florence, les mêmes tours, fontaines et rues étroites où circulent de robustes habitants, taillés dans la même roche que mes personnages. En italien, rocca *signifie simplement « citadelle », mais le mot ne s'utilise que pour des endroits haut perchés, comme les fortifications surmontant un ancien bourg au sommet d'une colline. Le mot apparaît souvent dans le nom du village lui-même.*

Les événements et les personnages relèvent purement de mon imaginaire, bien que la situation et le sentiment général qui régnaient en Italie à l'époque où se déroule l'histoire soient authentiques, comme en attesteront les Florentins.

Un seul monument n'est pas inventé. Il s'agit du mémorial que j'ai situé sur la place de la mairie de Rocca al Sole. L'original se trouve sur la piazza *d'un village dans les collines au nord-est de Florence. C'est en l'observant que j'imaginai cette histoire. Il porte la même date : avril 1945, quand les Allemands furent forcés de quitter la région. Les morts dont le nom figure sur le socle furent, comme à Rocca al Sole, massacrés à la dernière minute, en représailles contre les actes de résistance des villageois. Aucun homme adulte ne figurait parmi les victimes.*

D'autres incidents plus funestes encore se produisirent dans toute la région. Celui que j'ai choisi de raconter me semble refléter une angoisse suffisamment vive pour permettre au lecteur de comprendre mes personnages.

Kressmann TAYLOR
Avril 1978

1

Jusqu'à ce que son univers s'effondre dix mois plus tôt, Amanda faisait preuve de discernement et d'une grande vivacité d'esprit. Elle avait été habituée à une certaine harmonie dans son quotidien, entre son jardin, sa maison, son mari volage, leur fille, leurs amis, la peinture qu'elle pratiquait bien plus qu'en amateur. Elle n'avait jamais éprouvé le besoin de se protéger, et affichait une assurance qui aurait pu passer pour de l'orgueil si elle n'avait été si candide.

Le deuil et l'humiliation l'avaient frappée de plein fouet. Un matin, en se levant, elle avait trouvé le corps déjà raide de son mari, la peau couverte d'étranges taches, les yeux ouverts : son Charles, autrefois si vigoureux, était mort d'une embolie. Dans un tiroir de son bureau, elle était tombée sur une lettre inachevée, datée de la veille, dans laquelle il lui annonçait qu'il la quittait pour une autre. Elle avait détruit le document sans en parler à personne.

Au cours des mois interminables qui suivirent, où les jours grisâtres se succédaient, il fallut régler la succession et répondre aux condoléances. Amanda s'efforça néanmoins d'égayer la vie de sa fille et de faire des projets pour le futur. Elle se trouva plongée dans une léthargie si profonde qu'elle ne ressentait la douleur que par intermittence, puis elle s'accommoda de cette routine monotone. Au fil du temps, sa passivité apparut même comme une manière de se priver des plaisirs qu'elle avait toujours souhaité placer au cœur de sa vie, et qu'elle avait cru posséder pour toujours. Mais la plaine aride qu'elle traversait à ce moment-là ne lui offrait aucune satisfaction.

Autrefois, elle avait vécu dans un autre monde où on célébrait la vie plutôt que la subir : l'Italie. Elle était partie terminer ses études d'art à Florence dix ans plus tôt, quatre ans après la guerre, à une époque où les gens étaient encore hantés par la destruction de leurs villages et la famine qui avait suivi. Elle voulait prendre exemple sur la patience et le courage des Florentins qui, bien qu'affligés par le deuil, accueillaient avec une joie mêlée d'ironie la saveur particulière des jours. Elle avait l'impression de comprendre les Italiens mieux que la plupart des Américains. Elle avait été charmée par les paysages bien ordonnés, l'omniprésence de l'art et du passé dans les rues des villes, la chaleur enthousiaste de leurs habitants.

À présent, presque quinze ans plus tard, la nostalgie et le vide accablant de sa vie avaient poussé Amanda à venir une fois de plus chercher refuge à Florence.

Elle avait repris contact avec la famille de'Bartoldi chez qui elle avait vécu au cours de ses études : ils ne l'avaient pas oubliée, et l'avaient accueillie à bras ouverts. Elle avait trouvé un appartement avec vue sur l'Arno, s'était promenée le long du fleuve, dans les ruelles qui débouchaient sur des petites places ensoleillées à flanc de colline. Elle avait même recommencé à dessiner un peu, bien qu'elle ne se sentît pas encore prête à peindre sérieusement, et se contentait pour l'instant de se réhabituer à la vie florentine.

Tout dans cette ville enthousiasmait Amanda. Le vieux palais dégageait une beauté rugueuse, avec sa façade jaune et ses blasons fanés – lys blanc, lys rouge, les clés croisées de l'Église, l'aigle des Guelfes. Les sculptures de bronze et de marbre sur la place, la fontaine de Verrocchio dans le patio ombragé de l'ancien palais... Ces visions avaient toujours le don de la réconforter.

Elle avait d'abord consacré ses journées à explorer la ville et à renouer d'anciennes amitiés puis, récemment, à ce flirt avec Renaldo, jeune noble italien qui respirait une masculinité confiante. Malgré ses allures de dandy narcissique, il lui témoignait une ardente dévotion. Elle n'avait toutefois pas l'intention de s'abandonner dans ses bras. Elle n'éprouvait que dédain pour ce genre d'aventure sans amour : cela lui permettrait peut-être de restaurer son orgueil blessé, mais elle entrevoyait déjà la piètre image qu'elle offrirait et le dégoût qu'elle éprouverait pour elle-même.

Si Amanda décidait de s'établir définitivement à Florence, elle devrait congédier le pauvre Renaldo, ce qui lui laisserait plus de temps face à son chevalet. Elle aurait dû se contenter de fréquenter ses anciens amis, s'oublier un peu en explorant les moindres replis de cette culture chargée d'histoire, continuer à parcourir les collines ou les berges du fleuve, son carnet de croquis à la main. Elle avait même songé à accompagner ce modèle de piété romaine, l'honorable Pia Vanucci, qui l'avait invitée à se joindre à elle pour une retraite dans un couvent sur les collines. Mais la perspective de cette solitude avait quelque peu effrayé la jeune Américaine.

Le regard d'Amanda embrassa la copie maladroite du *David* devant le vieux palais, les carrioles qui attendaient des passagers auprès de la fontaine de Neptune, les terrasses de café bondées, séparées par de petites haies. Elle eut soudain envie de rire : le moment tant redouté de prendre une décision était venu, spontanément, dans ce décor ridicule. Elle n'avait jamais eu l'intention de quitter Florence jusqu'à ce moment-là. Mais il lui fallait une vie, pas une amourette. Seulement, si elle ne souhaitait pas s'impliquer avec ce jeune Italien languissant, elle se sentait coupable de l'espoir qu'elle lisait dans ses yeux, car elle s'était laissé courtiser par vanité.

Elle allait se reprendre en main, emmener sa fille loin d'ici. Elles partiraient par de petites routes de montagne, à travers les vignes et les oliveraies, peut-être à l'est vers les hautes collines du Casentino, peut-être au sud vers Greve ou Assise, peut-être même jusqu'à Bologne. Il lui fallait s'organiser.

« Je m'en vais pour accomplir une sorte de pénitence : je dois me purifier l'âme, si je puis dire, avant de revenir ici. Je ne pars pas pour toujours », annonça-t-elle un jour à Renaldo. Celui-ci laissa échapper un cri de désespoir.

Il rajusta une mèche de cheveux sur sa tempe droite, puis saisit la main d'Amanda sur la table et la porta à ses lèvres.

« Il est extrêmement approprié, très *conveniente*, qu'une jolie jeune femme éprouve un sentiment religieux. Ma sœur est très pieuse. Son mari s'est... comment dit-on... retiré dans une sorte d'église, et elle prie constamment pour que la Madone ait pitié de lui. »

Amanda ouvrit de grands yeux. Elle garda son sérieux bien que l'évocation de cette sœur qui priait sans cesse l'amusât d'une triste manière. Elle regretta aussitôt sa petite profession de foi, qui s'était heurtée à un mur d'incompréhension.

« Et ma mère, poursuivit le jeune Italien avec une naïveté charmante, bien que le seul souvenir que j'aie d'elle soit un visage aimant, car elle est morte à la fin de la guerre alors que j'étais enfant, puisait une grande consolation dans le rosaire. Mon père m'a rapporté cela. »

Quelle horreur d'avoir perdu sa mère ainsi, et si jeune, pensa Amanda.

« Quel âge aviez-vous, quand elle est morte ?

— À peine six ans, répondit Renaldo avec gravité. Chez moi, c'est-à-dire dans notre villa à la campagne où mon père vit à présent seul, il y a un magnifique buste de ma mère. Elle était très belle. Elle est morte jeune, dans des circonstances tragiques. Mon père ne s'en est jamais remis. Il vit retiré du monde.

— J'aimerais voir cette statue un jour, dit Amanda, à présent pleine de sollicitude.

— Mais, *cara* Amanda, c'est précisément ce que je souhaitais faire aujourd'hui. Je ne savais comment proposer une telle visite. Vous ne devez pas vous inquiéter que mon père vive reclus : il fut autrefois un hôte charmant et garde suffisamment de domestiques pour recevoir, en particulier lorsque ma tante, ma sœur ou moi-même lui rendons visite. Ma tante y séjourne en ce moment, et comme sa présence est toujours éprouvante pour mon père, il serait ravi de vous accueillir et vous sera sans doute reconnaissant de ramener sous son toit son fils trop négligent. »

Les choses sont allées trop loin, songea Amanda, désorientée. Il était léger de ma part de me laisser courtiser par un jeune noble de douze ans mon cadet, mais quant à être invitée chez lui pour qu'il me présente à son père, c'est une autre affaire.

Elle adressa un regard coupable au garçon. Bon sang, de quoi aurait-elle l'air face au vieux *marchese* ?

« Je crains... » commença-t-elle.

Mais le jeune homme, emporté par son enthousiasme, l'interrompit.

« La maison vous plaira beaucoup, insista-t-il. La partie centrale de la villa est très ancienne. Elle a été construite avant l'an 1200, et dans la chapelle se trouvent des sculptures de *pietra serena*, d'anciens symboles de la chrétienté. En outre, il y a une salle décorée de paysages des frères Carracci, très classique ; au plafond une scène marine avec des dauphins, le portrait d'un de mes ancêtres accompagné de ses deux fils assis sur un rocher, avec au sommet le blason de notre famille. Le plâtre s'effrite par endroits et l'un des coins a été un peu abîmé par la moisissure à une époque où personne n'occupait la maison, mais les couleurs restent très vives. Vous aimerez la composition.

— Une autre fois, peut-être, dit Amanda.

— Et les jardins ! s'écria le jeune homme. Vous déborderez d'*entusiasmo* pour les jardins. En vérité, ils sont célèbres. Il faut savoir que la maison est située très haut dans les collines, le parc comprend aussi plusieurs terrasses plantées. En-dessous s'étendent nos vignes et nos fermes. La vue de la villa est magnifique : de chaque côté des montagnes, et en face la vallée. Pourquoi ne venez-vous pas ?

— Laissez-moi y réfléchir », répondit Amanda sans se troubler.

Elle n'avait pas l'intention de céder, mais elle appréciait l'enthousiasme de Renaldo pour les trésors de sa famille.

« Il est l'heure d'aller chercher Lisa à l'école. Non, ne m'accompagnez pas. Je suis garée juste à côté, j'ai eu la chance de trouver une place. À présent je dois me dépêcher, ou ma fille va m'attendre. Au revoir.

— Même heure demain ?

— Non, pas demain, désolée, fit Amanda. C'est le week-end, et j'ignore encore ce que je fais. Je dois y réfléchir.

— Souvenez-vous des jardins. Pensez-y, insista le jeune homme.

— Je n'y manquerai pas », répondit Amanda avec douceur.

« Un week-end, tout un week-end paisible sans être dérangée... » fredonna-t-elle en montant dans sa petite voiture.

Il n'y avait aucune raison pour quitter la route qui serpentait au fond de la vallée avec ses promesses d'évasion vers le nord. C'était un simple caprice que d'emprunter la piste étroite qui bifurquait à droite pour s'élever en pente raide jusqu'à un ancien village perché sur un lointain sommet. Pourtant il y avait de quoi hésiter, car de gros nuages s'amoncelaient au-dessus des montagnes en cette après-midi d'octobre. Si elles se laissaient surprendre par la pluie, Amanda et sa fille devraient peut-être passer la nuit dans une ville inconnue, sans doute peu accueillante et manquant certainement d'intérêt.

Plus tôt sur la route, Amanda avait déjà aperçu la petite citadelle qui ornait le sommet tel un joyau scintillant au soleil. Elle lança un regard pensif à sa fille assise à côté d'elle, silencieuse, absorbée par le paysage qui défilait : fermes, maisons de stuc rose, meules en forme de ruches dans les champs. Une virée dans les collines pouvait s'avérer bénéfique à cette enfant restée trop longtemps confinée dans la ville. Elles n'avaient aucun engagement, personne ne les attendait, ni ne savait où elles se trouvaient : l'occasion rêvée pour changer d'air. Lorsque cinq cents mètres plus loin elle aperçut un panneau légèrement penché indiquant une bifurcation vers les vignobles en terrasses des Apennins, Amanda appuya timidement sur la pédale de frein. ROCCA AL SOLE, pouvait-on lire : Citadelle au Soleil. Ce nom aux sonorités médiévales correspondait parfaitement à la forteresse rougeoyante nichée là-haut. En outre, il éveillait en elle un souvenir insaisissable. Quelqu'un lui avait-il parlé de ce lieu ? Possible. Elle ralentit brusquement. Lisa lui lança un regard étonné.

« On tourne ? demanda-t-elle avec un sourire inquiet.

— J'ai envie de voir si nous pourrions atteindre cette ville rose, là-haut. Ça te plairait ? »

Hormis une auto qui filait sur la route de la vallée, le seul mouvement perceptible était celui de deux bœufs blancs sur une pente au loin, peinant sous le joug. Le bouvier qu'on devinait derrière eux se résumait à un point d'ombre. Au-delà, les murs crénelés et un campanile se découpaient sur le ciel.

Dorénavant, elle emprunterait le chemin qu'elle voulait. En suivant le panneau tordu qui l'avait dirigée vers ces collines, il lui semblait avoir suivi son intuition.

La route déboucha sur une large corniche. De sombres forêts coiffaient le sommet des collines, tandis que des bosquets de cyprès marquaient de loin la présence d'une ferme. Les arbres, aux couleurs patinées de l'automne, se découpaient avec précision dans ce paysage immobile, et cette vision remplit Amanda de joie.

Le véhicule poursuivit son ascension. Sur une avancée de terre, à droite, s'élevait une grande villa de campagne, dont on distinguait le toit de marbre blanc entre les arbres du jardin. Bientôt apparut un petit bâtiment de stuc orné d'une tonnelle : une *taverna.* Une table recouverte d'une toile cirée attendait les clients à l'ombre ; une vieille enseigne Coca-Cola pendait au mur à côté de la porte, et un chien efflanqué dormait sous la table, la tête posée sur les pattes. Personne en vue.

« Arrêtons-nous ici pour boire quelque chose. Peut-être pourrons-nous aussi demander un sandwich », dit Amanda en garant la voiture dans l'allée de l'auberge.

Elle frappa plusieurs fois et appela :

« *C'è qualcuno ?* Il y a quelqu'un ? »

Aucun son ne lui parvint de l'intérieur. Par la porte ouverte un courant d'air frais apportait une odeur de vin et de renfermé. Au fond de la salle déserte se dressait un petit bar encombré de bouteilles et de flasques. Les quatre murs vides lui renvoyèrent son appel. Deux mouches se cognaient contre une vitre. Le chien s'étira, leva la tête et se rendormit.

« C'est l'heure de la sieste. Nous sommes peut-être les seules à être réveillées dans toute la région, suggéra Amanda. J'aurais dû me souvenir que la sieste est sacrée ici, entre une et quatre heures. Nous aurions dû nous arrêter plus tôt.

— On ne va pas pouvoir manger ? »

Lorsque Amanda lui avoua qu'elles avaient peu de chances de trouver de la nourriture dans l'immédiat, la petite bouche de Lisa esquissa une moue boudeuse. Sa mère lui donna une barre de chocolat. De retour dans la voiture, elles poursuivirent leur chemin. Lisa avait cessé de bouder mais elle ignorait sa mère, concentrant son attention sur les plantes au bord de la route.

Amanda, que la mésaventure de l'auberge avait distraite de ses pensées, admirait elle aussi le feuillage, ravie d'avoir remplacé les trottoirs de pierre par cette végétation luxuriante. Pendant plusieurs centaines de mètres, la vue sur la vallée fut obstruée par d'épais fourrés de joncs, sorte de jungle constamment agitée par le vent. Lorsque la végétation se fit plus clairsemée, une ferme de pierre apparut au loin dans un champ. Quel paysage merveilleux, pensa Amanda. Quelle belle journée, et quelle bonne idée d'avoir dédaigné l'autoroute pour emprunter ce chemin par les collines !

Vingt minutes plus tard, Amanda commença à douter de la sagesse de sa décision. La route, qui continuait de grimper, s'était à présent transformée en un sentier pierreux juste assez large pour la voiture. Elles longeaient le versant inculte d'une haute colline envahie par les broussailles. D'énormes rochers trahissaient l'aridité du paysage. La chaussée déformée se changeait parfois en simple chemin de graviers. La pente semblait toujours plus raide. Elles prirent un tournant si serré qu'Amanda dut empiéter sur le bas-côté. Dessous, les prés s'étaient changés en un ravin abrupt où poussaient quelques arbres tordus. La conduite devenait extrêmement difficile. Le véhicule cahotait sur les ornières. Amanda prit une grande inspiration.

« Dès que nous trouverons un endroit assez large pour manœuvrer, nous ferons demi-tour, annonça-t-elle à Lisa qui, assise bien droite, suivait leur progression avec intérêt.

— Vraiment ? demanda la petite fille. Ça me plaît ici. J'aime bien les bonds que fait la voiture.

— Eh bien moi, je n'aime pas trop ça. »

Amanda ne lui fit pas part de son appréhension.

2

Le matin même, le *marchese* Eduardo Carleone était sorti se promener de son pas inégal – une blessure de guerre le faisait boiter – le long du sentier qui reliait sa belle villa et son parc au village de Rocca al Sole. Un campanile de briques croulantes, une tour de pierres blanches où nichaient des corbeaux au-dessus de remparts massifs : la vue était réjouissante. Le chemin menait à la grande porte du village, côté nord. À l'est comme à l'ouest, d'abruptes falaises tenaient lieu de fortifications. De la porte sud partait la seule route qui reliait la citadelle aux autres villes dans la vallée, au loin.

Comme il franchissait l'arche monumentale de la porte nord, l'enthousiasme du marquis faiblit. Il ralentit le pas. De chaque côté de la rue pavée se dressaient des bâtisses de tailles inégales. Çà et là une porte ouverte laissait échapper une odeur de moisissure, de pièces confinées où l'on a trop vécu, mélangée à la chaude saveur d'herbes aromatiques – il était en effet près de midi. De longues traînées de mousse s'épanouissaient sur les murs où ruisselait l'eau, des escaliers rudimentaires apparaissaient lorsque la paroi offrait un décrochement, et d'anciennes arches transformaient par endroits l'allée en tunnel.

Carleone s'écarta pour laisser passer un paysan et son âne chargé de ballots de paille.

« Buongiorno, signor marchese. Tutto bene ?

— Non c'è male, Gaetano. »

Le villageois hocha la tête et poursuivit son chemin. La vue de cet équipage éveilla le regard artistique du marquis : cette scène, cette rue se situaient proprement hors du temps, et n'appartenaient pas plus au XXe siècle qu'au Moyen Âge, époque où ces maisons avaient été érigées. En fait, l'endroit datait d'un temps encore plus ancien, celui des Étrusques, et il se disait parfois que la vie y avait très peu changé depuis : à part l'intrusion de quelques ampoules électriques, le confort y était rudimentaire, les principales sources de plaisir demeurant la nourriture, l'amour et le sommeil. Cette ruelle étroite plongée dans la pénombre lui renvoyait l'écho de fastes et de tragédies passées : invasions de Goths, avec hallebardes, cottes de mailles, alliances et trahisons au sein de nobles maisons : querelles sanglantes, mariages forcés ou heureux... Des centaines de générations avaient vécu brièvement entre ces murs avant de sombrer dans l'oubli.

Depuis son retour dans la région, Carleone se rendait rarement à Rocca al Sole. Certains changements qui s'y étaient produits lui déplaisaient, mais il appréciait le labyrinthe familier des ruelles qui ravivait ses souvenirs d'enfance. Lorsqu'il sortit de l'obscurité de la ville haute pour déboucher sur le parvis de la cathédrale, ses yeux et son esprit furent, comme dans sa jeunesse, éblouis par l'ardeur du soleil. Il eut alors le sentiment de ne faire qu'un avec ses concitoyens qui émergeaient de leurs cellules de pierre, frappés par la chaude lumière du jour. Il marqua une pause près de l'hôtel, en haut de la place, et s'absorba dans la contemplation du ciel.

Le *marchese* Carleone était venu dans ce village parce que sa sœur lui avait fait comprendre que l'un des nouveaux clients de l'hôtel éveillerait sans doute son intérêt. Mais l'évocation de vieux souvenirs avait altéré son humeur, et il n'avait plus la moindre envie de se mêler à des étrangers. Il aurait pu s'épargner le chemin depuis la villa.

Il traversa la place pour s'abriter à l'ombre du porche de la mairie, d'où il observa un chat qui courait furtivement après un lézard. Squelettique comme la plupart des chats de ces villes où les restes servent à nourrir les enfants, il rampait au ras du sol, la queue en l'air. Trop pressé, il bondit toutes griffes dehors sur le pavé où une seconde plus tôt se tenait le lézard, qui avait disparu dans une fissure. Le chat s'assit et, pour retrouver sa dignité, entreprit de se lécher consciencieusement la patte avant d'aller s'allonger près de la fontaine en marbre. L'estomac vide, il resta à se prélasser au soleil.

Il est toscan, ce chat, tout autant que nous : il ne combat pas les aléas de la vie, remarqua Carleone.

Lui-même avait développé une patience similaire : ses quarante-sept années de vie lui avaient enseigné que, malgré sa richesse et son succès relatifs, il n'était pas un homme particulièrement fortuné. Au prix d'une lutte interminable, il avait fini par se résigner aux douleurs du corps et de l'esprit qui seraient les siennes pour toujours. Il se souvint de la fureur qui le consumait quinze ans plus tôt, lorsqu'au lendemain de la guerre il avait quitté sa ville natale afin d'oublier la tragédie de son bref mariage, s'engageant comme ingénieur pour aller réparer les ponts de

Florence détruits par les Allemands. Plus tard, il avait emporté à Turin son désir de vengeance. Mais le temps avait passé, et il avait eu la sagesse de réfréner ses ardeurs.

Après des années d'absence il était heureux de rentrer chez lui, dans cette contrée hors du temps où l'on vit au rythme immémorial des saisons, où le vent du nord apporte un hiver bref, bien vite dissipé par le soleil qui réchauffe la terre de Toscane. Il avait repris contact avec les gens de son pays, dont il partageait l'endurance et la fierté.

Il avait fait l'expérience des passions, et pas seulement des plus douces, subissant et encourageant parfois la violence. Durant la guerre, il avait servi en tant qu'officier lors de la désastreuse tentative pour envahir la Grèce. Réformé à cause de son pied broyé, il était retourné à la villa familiale, ruminant sa rancœur contre les folles ambitions du fascisme, tandis que son père prenait soin de lui. Le vieil homme l'avait beaucoup influencé : antifasciste, platonicien convaincu à l'instar de Laurent le Magnifique, il lui avait appris qu'une discussion amicale et intelligente résout mieux les problèmes humains que la violence. Les habitants de la région se montraient loyaux envers la vieille noblesse, et comme on comptait peu d'espions fascistes parmi eux, Eduardo et son père jouissaient d'une sécurité relative.

Il avait vécu là pendant trois ans, recouvrant la santé en compagnie de sa jeune femme et de ses enfants, pleurant sur le sort de son pays. Après la reddition de l'Italie, ses anciens alliés allemands étaient en effet devenus une force d'occupation ennemie, qui pillait les villes et traquait les hommes en âge de combattre. Un jour, les bataillons nazis avaient déferlé sur ces collines. Dans les derniers mois de la guerre, Carleone avait perdu sa femme et son père ; la première avait été sauvagement assassinée et le second – Eduardo en était certain – était mort d'indignation.

Ce double deuil avait durablement assombri son esprit, puis le temps avait transformé cette brûlure en une douleur intime. Cependant, un homme ne doit pas gaspiller son énergie à nourrir de la rancœur, il doit plutôt se consacrer à des choses plus durables. Eduardo était fier d'avoir travaillé la pierre. En tant qu'ingénieur, il avait conçu plusieurs ponts et aqueducs dans les Apennins. Il se sentait plus fortuné que la plupart des hommes, une partie de lui-même ayant été gravée dans la roche pour toujours.

Trois ans plus tôt, il était revenu dans sa villa pour profiter d'une retraite paisible. Il s'occupait de ses rosiers et s'épanouissait dans la sculpture du marbre, pour laquelle il possédait un véritable talent. Il passait également de nombreuses heures à lire et à méditer, de sorte que l'activité de son esprit complétait celle de ses mains. En ce moment, il travaillait à un bas-relief de marbre noir, le plus dur qui soit : un faon poursuivi par un renard, dans un paysage exagérément distordu. La composition exprimait exactement ce qu'il cherchait à évoquer : l'implacable ténacité des créatures sauvages. Sa prochaine œuvre serait plus classique : il sculpterait le buste de son petit-fils pour faire plaisir à sa fille. Ses deux enfants avaient quitté la maison paternelle et s'étaient établis à Florence. Son fils, dont il admirait la beauté et l'intelligence, poursuivait des études de droit à l'université. D'après ce qu'il savait, ce nigaud s'était amouraché d'une femme plus âgée que lui. Restait à espérer qu'il ne s'attacherait pas durablement. Un père pouvait intervenir fermement, si le besoin se faisait sentir.

Pour sa part, Carleone pensait avoir atteint l'âge de la réflexion. Il désirait renouer avec la poésie de l'existence. Cependant, il était en proie à une mélancolie inhabituelle. L'observation du chat avait réveillé en lui le souvenir poignant des tourments de sa jeunesse. Ses yeux s'arrêtèrent sur le monument qui se dressait dans la cour intérieure de la mairie : une statue de marbre représentant un enfant endormi. Il en connaissait chaque courbe. Il l'avait sculptée lui-même quinze ans plus tôt, tandis que les artisans du village, presque tous des tailleurs de pierre, avaient gravé sur le socle l'inscription suivante :

AUX CITOYENS DE ROCCA AL SOLE
MASSACRÉS PAR LES FORCES ALLEMANDES
LORS DE LEUR RETRAITE DE CES COLLINES
LE 10 AVRIL 1945

Suivait une liste de seize noms, classés par âge. Il les connaissait par cœur. Du premier nom de femme, *Regoli Bianca – 77 ans*, au dernier (inscrit selon l'usage italien, le nom de jeune fille en premier), *Farese Stella, Marchesa Carleone – 27 ans*. La mère de ses deux enfants. Puis les noms d'enfants : les six garçons, de *Nastro, Giuseppe – 10 ans*, à un bambin de trois ans, et les quatre filles, âgées de six mois à douze ans.

Dieu merci, nous avons commencé à oublier, se dit-il.

Il regarda sa montre : presque midi. Mieux valait se montrer ponctuel pour le déjeuner plutôt que d'affronter le scandale que sa sœur Elvira ne manquerait pas de provoquer, insultant domestiques et cuisinier s'il ne se trouvait pas à table à l'instant précis où l'on y déposait la soupière. Sa sœur était une femme vigoureuse. Chacune de ses visites à la villa était comme une épine dans l'armure de sa tranquillité.

Le campanile égrena les douze coups cuivrés de midi. Carleone s'apprêtait à repartir lorsqu'un concert de voix gutturales rompit le silence de la *piazza*. De la rue qui longe la cathédrale émergèrent quatre hommes vêtus pour la randonnée, le visage, les bras et les jambes rougis par le soleil. Ils marchaient côte à côte, tenant à la main un bâton qu'ils posaient sur les pavés au rythme de leur pas. Deux d'entre eux étaient jeunes, de grands gaillards blonds au menton saillant. Ils parlaient fort en allemand, comme s'ils voulaient attirer l'attention de tout le voisinage. Leur arrogance aurait sans doute irrité le marquis si son attention n'avait pas été retenue par l'un des hommes plus âgés. Ceux-ci – de toute évidence le père et l'oncle des deux plus jeunes – avaient les cheveux gris et de grosses joues de bons vivants.

Les yeux fixés sur l'un des Allemands, Eduardo Carleone sentit son pouls s'accélérer. Il ne pouvait s'agir que d'une ressemblance, à moins que l'homme ne fût d'une incommensurable stupidité. Non, il était impensable que *lui* soit revenu à Rocca al Sole ! Mais ce visage, cette mâchoire proéminente, cette tête, et sa propre fébrilité ne lui laissaient pas de doute : il connaissait cet homme. Un sombre présage l'assaillit.

Deux femmes bien en chair suivaient les hommes d'un pas résolu. La troupe traversa le parvis de la cathédrale en direction de l'hôtel.

La porte centrale de la vieille église romane s'ouvrit sur deux nonnes qui sortirent tranquillement, le visage serein. Leurs cornettes amidonnées les faisaient ressembler à d'énormes papillons de nuit. Les marcheurs ne dévièrent pas d'un pouce : sans ralentir un seul instant, le groupe de tête fonçait droit sur les religieuses tel un camion fou. Dans un froissement de voiles, les deux silhouettes drapées de noir parvinrent à s'écarter *in extremis* et demeurèrent un instant déconcertées, tandis que les étrangers poursuivaient leur chemin. Aucun d'entre eux n'avait fait mine de s'écarter, ni n'accorda un regard aux bonnes sœurs apeurées.

« *Scellerati !* » siffla Carleone entre ses dents, le regard sévère.

Il observa le groupe entrer dans l'hôtel, les femmes en dernier. Son visage s'assombrit.

« Ce n'était vraiment pas joli », marmonna une voix derrière lui.

Le *marchese* se retourna. Il aperçut la silhouette arrondie et le visage lunaire de Giacomo Porzio, le maire de Rocca al Sole.

« Il n'y a rien d'autre à attendre de ces barbares que de l'insolence, soupira-t-il d'un ton réprobateur. *Maleducati !* »

Il scruta le visage de Carleone à la recherche d'une trace d'animosité.

Le marquis regrettait de s'être ainsi trahi devant le maire. Il savait que Porzio avait beau être un gros *fannullone*[1], il n'en était pas moins très perspicace. Son instinct lui permettait d'anticiper les événements : il avait pour habitude d'éviter le conflit et les efforts inutiles. Résoudre les problèmes une fois qu'ils s'étaient déclarés lui demandait trop d'énergie. Il préférait prévenir les difficultés, apaisant les tensions par la parole, étouffant le feu des

1. Fainéant. (*N.d.T.*)

querelles par un mot ici ou là. Il avait établi une certaine entente avec la plupart des factions de la ville ainsi qu'avec les propriétaires terriens, qu'il s'efforçait de préserver dans l'intérêt de tous. Face aux familles influentes, il se montrait obséquieux et empressé. En tant que responsable local, il surveillait attentivement les humeurs changeantes de ses concitoyens. Sa circonspection, sa prudence et l'habitude qu'il avait de calmer les tempêtes avec flegme lui valaient la reconnaissance de tous. Cependant, le problème qui se posait à présent, et que le marquis venait de découvrir de manière si abrupte, ne pourrait pas se résoudre au moyen de ses ruses habituelles. La situation s'annonçait catastrophique. Carleone lui dit d'un ton froid :

« Avez-vous remarqué d'autres actes d'insolence de la part de ces barbares ? Depuis combien de temps les observez-vous ? Avez-vous pris des mesures ? Avez-vous pris la peine de consulter des personnes influentes ?

— Monsieur le marquis comprendra que j'aie hésité à perturber sa tranquillité.

— Depuis quand sont-ils ici ?

— Que Votre Excellence se rassure, ça n'est que le deuxième ou le troisième jour de leur présence ici. J'envisageais de lui adresser un message ce soir même...

— Mais jusqu'à présent, vous ne voyiez pas de raison pour me déranger ?

— Sauf votre respect, *marchese*, vous m'avez vous-même demandé à plusieurs reprises de ne pas vous impliquer dans les affaires publiques.

— À moins qu'il n'y ait une menace de troubles, entendons-nous bien. Vous n'avez pas pensé qu'il existait des raisons personnelles de m'avertir ? »

Porzio évita le regard sévère du marquis. Sa voix se fit encore plus soumise.

« Pourquoi affliger un homme aussi éminent que vous ?

— En effet, pourquoi ? Bien entendu, vous êtes déjà intervenu. Vous vous êtes entretenu avec le chef de la police et le *maresciallo*[1], vous avez prévu un moyen d'éloigner cette menace, n'est-ce pas ? »

Le ton de Carleone était sans appel. Porzio eut un regard désespéré.

« J'envisage certaines mesures.

— Ah, vous envisagez ! Vous pensez sans doute que la meilleure chose à faire face à une bombe est d'attendre, pour voir si elle éclate ? »

Le maire se sentait extrêmement gêné. Il s'était montré trop souple, et la situation pouvait bien s'avérer explosive. Il était forcé de reconnaître que ses propres ambitions étaient à l'origine de la crise. Au printemps dernier, il avait fait distribuer une brochure illustrée dans les offices du tourisme de Rome et Florence. Le but était de vanter les charmes médiévaux de Rocca al Sole aux visiteurs de ces grandes agglomérations, afin qu'ils viennent acheter la poterie, les fontaines de marbre et les statuettes d'albâtre que produisaient les artisans locaux, ou simplement admirer le petit musée étrusque et la porte romaine datant de l'époque de Trajan. Porzio avait un intérêt financier dans l'hôtel Silvio, dirigé par son frère Salvatore. Il possédait également la *trattoria* à l'ouest de la ville, sur une terrasse qui surplombait la vallée. Le marquis s'était opposé à ce projet commercial dès le début. Il aimait le calme de la petite citadelle, et craignait qu'un tel changement n'attise

1. Capitaine de gendarmerie. (*N.d.T.*)

les rivalités entre ses habitants. Il avait suggéré au *sindaco*[1] que la venue d'étrangers affecterait l'équilibre déjà si fragile des intérêts communs. Tout en affirmant partager le sentiment du *marchese*, Porzio avait néanmoins fait remarquer que le monde changeait et que, bien qu'il convienne d'agir avec circonspection, ignorer complètement la modernité reviendrait à se priver de certains avantages nouveaux. Les habitants de villes comme San Gimignano jouissaient d'une prospérité sans précédent. Avec un peu de persuasion, il se pourrait que le gouvernement de Rome reconnaisse l'utilité de restaurer certains monuments, voire même débloque des fonds pour réparer le système d'égouts vétuste.

Comme il fallait s'y attendre, le gouvernement de Rome était demeuré sourd aux besoins de Rocca al Sole. Cependant, la campagne avait porté ses fruits : quelques touristes étaient apparus au cours de l'été, on avait ouvert une galerie d'artisanat, et la *trattoria* avait enregistré un bénéfice satisfaisant.

Toutefois, Porzio n'avait pas prévu qu'un grand nombre de ces visiteurs seraient originaires d'Allemagne. Au cours des dix dernières années, ce pays avait prospéré. Ses habitants témoignaient d'un goût prononcé pour le voyage, mais malheureusement, aussi aimables fussent-ils chez eux, les touristes Allemands se montraient souvent arrogants, bruyants et mal élevés.

Si l'Italie moderne commençait à oublier les tourments de la guerre, Rocca al Sole, pour sa part, entretenait un rapport privilégié au passé. Les habitants du village avaient la mémoire longue. Ils gardaient un mauvais souvenir de

1. Maire. (*N.d.T.*)

l'Occupation, et n'avaient pas pardonné les souffrances qui leur avaient été infligées. Le monument devant l'hôtel de ville était là pour le leur rappeler, ainsi que les tombes appartenant à des déserteurs de l'armée italienne en déroute exécutés par les fascistes ou encore à des partisans, locaux et étrangers, venus rejoindre la Résistance. Ceux-ci avaient été nombreux : de farouches maquisards venus de Sicile, d'Ombrie ou du Piémont avaient fait leur apparition un soir pour intégrer les groupes éparpillés dans les collines, prêts à harceler l'ennemi, au risque de voir leur propre sang abreuver cette terre qui n'était pas la leur et d'être enterrés à la hâte dans un ravin toscan, là où, aujourd'hui encore, les pluies d'automne découvrent parfois un squelette en haillons, réveillant d'amers souvenirs chez les villageois.

À présent, l'arrivée de ces visiteurs-ci menaçait de s'avérer désastreuse. Porzio en perdait sa perspicacité. L'apparition du marquis sur la place l'avait décontenancé. Le vieux noble s'était certes détaché des affaires du monde, mais mieux valait se méfier. Il avait eu un caractère fougueux dans sa jeunesse, et il convenait de ne pas sous-estimer son tempérament. Il ne fallait pas non plus oublier la disparition brutale de sa femme, qui n'avait jamais été élucidée de manière satisfaisante. Certaines choses ne s'effacent pas. Malgré son attitude distante, le *marchese* avait réagi plutôt vivement à la présence des Allemands – de *cet* Allemand, pensa Porzio avec un frisson.

« Il me semble qu'il serait peut-être plus raisonnable d'abandonner le tourisme, soupira Porzio sans croiser le regard du marquis.

— Espérons qu'il ne soit pas déjà trop tard pour changer d'avis », répondit froidement celui-ci.

La porte de l'hôtel s'ouvrit à nouveau. Un bel homme portant l'uniforme de capitaine des *carabinieri* en sortit, s'arrêta un instant, pensif. Lorsqu'il aperçut Porzio et le marquis, il leur adressa un sourire chaleureux et se dirigea vers eux.

« Bonjour, Talenti, lança Carleone en lui serrant cordialement la main.

— Quel plaisir de vous trouver ici, fit le chef de la police, non sans ironie. Je croyais être le seul à avoir flairé cette piste, mais il semble que l'odeur se soit propagée.

— Les vautours se retrouvent toujours autour de la carcasse, répliqua sèchement le marquis. Mais j'ai le sentiment que nous ne sommes pas les seuls concernés. Croyez-vous vraiment que les villageois ne soient pas au courant de la présence de cet homme ? Après trois jours, alors que j'ai eu vent de la nouvelle jusque dans ma demeure reculée ? Alors qu'ils se comportent ainsi ?

— Que fait-il ici ? s'exclama Talenti avec indignation. Je me damnerais pour avoir une raison de l'arrêter. Mais quelle loi puis-je invoquer ? Il a commis ses crimes voilà quinze ans, en tant que soldat ennemi. Ni Rome ni le procureur de Florence n'accepteraient la chose. Pourtant, cela apaiserait ma fureur et nous éviterait bien des déboires.

— Cela envenimerait la situation et créerait du désordre, intervint Porzio, mal à l'aise.

— S'il reste en liberté, c'est lui qui causera des ennuis, dit Carleone. Mais vous avez raison, Talenti, vous ne pouvez pas l'arrêter. Pourtant, sa présence ici attise la colère des gens et nous met en danger. Nous devons les empêcher de se venger eux-mêmes. L'homme doit comparaître devant un tribunal international.

— Je ne crois pas que la chose soit possible. Ce genre de procédure n'est malheureusement pas de mon ressort, répondit Talenti. Cependant, d'après mes observations, les villageois semblent se fier à moi. Je n'ai perçu aucune agitation notable.

— Nous ne pouvons pourtant pas attendre qu'ils passent aux représailles pour intervenir, fit le marquis.

— Bien entendu, c'est l'évidence même. Si les hommes commencent à se réunir, cela deviendra dangereux. Si une telle chose se produit, je promets de vous en avertir immédiatement. Que croyez-vous que nous puissions faire, *marchese* ?

— Nous ne pouvons pas, ne devons pas permettre qu'un meurtre soit commis, s'exclama Carleone. Je ne le tolérerai pas.

— Je vous suis reconnaissant de me soutenir, fit Talenti d'une voix qui trahissait tout de même une certaine appréhension.

— Il ne se passera peut-être rien, intervint timidement Porzio. Ils s'en iront sans doute bientôt.

— C'est à espérer, répondit Talenti en haussant les épaules. Ne nous faisons pas de mauvais sang, et profitons de cette belle journée. »

Il leva la tête vers le ciel d'un bleu éclatant. De gros nuages s'amoncelaient derrière le sommet de la montagne. Le marquis dit avec un sourire désabusé :

« On dirait bien qu'il va pleuvoir. »

3

À mesure qu'elle grimpait, la route de montagne s'étrécissait. Amanda était de plus en plus inquiète. L'état de la chaussée empirait sans cesse, la voiture s'essoufflait, bondissant dans les ornières. Il n'y avait aucun endroit où faire demi-tour. Cette petite route s'était changée en piège, sans autre issue que la ville rose tout là-haut. Elles l'avaient aperçue pour la dernière fois quelques kilomètres avant, alors qu'elles franchissaient un col. Les murailles avaient paru assombries par les nuages noirs qui étendaient à présent leur ombre sur toute la montagne.

Dans le champ en contre-haut, un vent violent plaquait les hautes herbes contre le sol, secouant également la voiture. Lorsqu'elle passa le tournant suivant, Amanda s'aperçut que le bas-côté avait disparu à gauche, laissant place à un muret de pierre. La route se réduisait maintenant à une plateforme rocheuse taillée à même la falaise, une piste escarpée qui serpentait à perte de vue. Ce tronçon semblait extrêmement dangereux, mais la seule solution était d'avancer en serrant les dents. Des gouttes de pluie frappèrent le pare-brise.

« Oh, non, pas la pluie ! » murmura-t-elle.

Cependant, elle doutait que le dieu de la pluie fût disposé à l'écouter. Il y eut une nouvelle bourrasque, et l'orage éclata.

La petite voiture avançait à grand-peine sous les trombes d'eau qui bouchaient parfois la vue de la conductrice pendant plusieurs secondes. Amanda fut obligée de sortir la tête par la fenêtre pour essayer de distinguer la route inondée devant elle. Ses cheveux ruisselants lui collaient au visage. Elle et sa fille se trouvaient toujours sur cette corniche abrupte qui longeait le précipice, parsemée d'ornières remplies de boue. L'espace d'un instant, Amanda vit qu'il n'y avait aucun garde-fou, pas même une pierre plantée au bord de la falaise, là où la paroi tombait à pic vers la vallée. Elle fut prise de frayeur.

Soudain, les roues dérapèrent, et le véhicule fut projeté tout près du ravin. Amanda n'y voyait rien. La sueur au front, elle tourna désespérément le volant. Les pneus patinèrent un instant, puis accrochèrent le revêtement et propulsèrent la voiture de nouveau sur la route. La pluie s'interrompit un instant. Soulagée, Amanda ne remarqua pas tout de suite que la chaussée s'était élargie, et qu'à sa gauche un accotement avait remplacé le précipice. En contrebas, les blocs de pierre épars ressemblaient aux restes d'un glissement de terrain.

L'inclinaison de la route s'étant adoucie, l'auto reprit de la vitesse. Amanda leva les yeux : sur le versant qui les surplombait, elle vit jaillir une coulée de boue qui dévala la pente, entraînant sur son passage des débris de roche. Saisie d'effroi, elle comprit soudain que si elle maintenait son allure, l'éboulement les frapperait de plein fouet. Elle écrasa l'accélérateur, regardant droit devant elle tandis que dans son dos le grondement s'amplifiait ; la coulée de boue heurta la route, des pierres volèrent dans toutes les directions. L'une d'elles vint frapper l'arrière du véhicule. Derrière elles, une lourde masse de roche et de boue continuait de tomber. Dans le rétroviseur, Amanda vit qu'un fleuve de pierres et de terre détrempée barrait à présent la route. Ses mains se mirent à trembler. Elle s'arrêta.

« Eh bien voilà, nous y sommes ! dit-elle.

— Où ça ? demanda Lisa.

— C'est ce que nous allons voir », répondit-elle avec un sourire de soulagement.

Lorsqu'elles eurent franchi la crête suivante, un paysage plus large surgit : elles roulaient désormais entre deux plateaux, sur un col qui montait en pente douce, toujours plus haut. La route était enfin assez large pour prendre les virages. Elles n'avaient d'autre choix que de poursuivre leur chemin. Avec cet éboulement et cette plateforme de pierre derrière elles, Amanda ferma son esprit à la question du retour. Lisa grelottait à cause du froid et de l'humidité qui s'engouffraient par la fenêtre ouverte. Quelle idée stupide, cette excursion, se reprocha Amanda. Tout ce qu'elle avait réussi à faire, c'était de les isoler dans cet endroit hostile et inaccessible !

Cinq minutes plus tard, à travers l'atmosphère opaque qui couronnait le sommet de la montagne apparut la courbe menaçante d'un rempart médiéval, flanqué de deux tours crénelées et d'une arche romaine : la porte de la ville. La route plongeait puis remontait, avant de courir en ligne droite jusqu'à l'arche qui, du haut de son antique élégance, semblait lever un sourcil réprobateur sur leur intrusion. Les murs, solides, avaient été bâtis avec des blocs de pierre monumentaux : une vraie forteresse. À première vue, la ville n'avait rien d'accueillant ni d'exceptionnel. Il se remit à pleuvoir. Des rideaux de pluie mêlée de grêle tambourinaient contre le pare-brise, le recouvrant d'une couche de grésil fondu. Le véhicule s'avança lentement dans une flaque d'eau sous laquelle il ne semblait plus y avoir de route, la traversa en projetant sur le côté de grandes gerbes de gouttelettes. La voiture progressa sur la chaussée déformée avec des cahots maladroits. Puis une vaste ombre la domina, et elle pénétra dans l'espace obscur qui s'étendait sous l'arche. Les essuie-glaces balayèrent l'eau et la neige accumulées, dégageant un éventail de verre à travers lequel Amanda put reprendre ses repères. L'arche était en fait un tunnel long de six cents mètres, avec une rue au bout ; mais sans la moindre circulation. S'estimant, du moins momentanément, à l'abri de la tempête, Amanda s'arrêta. À l'intérieur de l'habitacle se répandait l'odeur de la laine mouillée mélangée à celle de l'huile du moteur en surchauffe. Les parois de pierre, maculées de taches, évoquaient l'Antiquité tant elles paraissaient vieilles, usées et solides. À l'autre bout du tunnel grondait la tempête. Amanda desserra le frein à main.

Lorsqu'elles entreprirent de sortir de leur abri, la pluie mêlée de neige fondue les aveugla de nouveau, et le véhicule se mit à haleter, produisant un cliquetis métallique. Les voyageuses longèrent une rue étroite bordée de maisons aux façades mornes, puis débouchèrent enfin sur une place ouverte à tous les vents. Une fontaine abandonnée, noircie, s'élevait en son centre , des bas-reliefs luisants d'humidité ornaient le dessus des portes cadenassées d'anciens immeubles. Il n'y avait pas le moindre signe de vie. Même l'église romane était close. En face, de l'autre côté des pavés ruisselants, se dressait l'hôtel de ville, pas éclairé et apparemment peu entretenu. C'était le centre-ville : un vide rectangulaire que surplombait une étendue de ciel menaçant.

À ce moment-là, le bruit du moteur se changea en un furieux frottement métallique, suivi par un fracas d'acier. La voiture dérapa, fit une embardée et s'arrêta. La mécanique agonisante continua de produire un raclement sans générer le moindre effet de propulsion. Un dernier halètement, et le véhicule expira. Des volutes de fumée huileuse s'élevèrent de sous le capot.

« Zut ! » s'exclama Amanda, observant la place humide et désolée.

Lisa poussa un cri d'excitation, mais elle était frigorifiée.

« J'imagine qu'il faut se montrer reconnaissantes que cet engin nous ait menées jusqu'ici avant de mourir en beauté », fit Amanda.

Elle sortit d'un air déterminé, s'enveloppa de sa veste pour se protéger de la pluie, mais garda la tête découverte.

« Tu ferais mieux de descendre, dit-elle à Lisa. Prends ton manteau et mets-le au-dessus de ta tête pour ne pas mouiller tes cheveux. Nous devons trouver de l'aide. »

De sa main gantée elle défit l'attache du capot brûlant et le souleva. Le moteur n'explosa pas, comme elle le craignait à moitié, mais il en sortait toujours une épaisse fumée, et les gouttes de pluie grésillaient lorsqu'elles entraient en contact avec l'acier surchauffé. Elle rabattit le capot. Elle n'avait jamais vu d'endroit aussi abandonné que cette *piazza* vide sous une pluie battante. Aucun visage à la fenêtre, aucune porte ne serait-ce qu'entrebâillée, malgré le tapage qu'avait produit la voiture en expirant.

« Pourquoi est-ce que tu ne klaxonnes pas ? suggéra Lisa toujours assise dans le véhicule fumant.

— Excellente idée ! Bravo ! »

Amanda passa le bras par la fenêtre de sa portière et appuya sur le klaxon, qui produisit un bruit rauque. On croirait un mouton en détresse, se dit-elle. Elle répéta le bêlement trois ou quatre fois, tournant son regard d'un bâtiment à l'autre.

En face se dressaient quelques *palazzi* de pierre, solidement ancrés au pied d'une colline où s'alignaient en zigzag des maisons de brique aux façades délabrées, perforées çà et là par une fenêtre et flanquées d'escaliers en colimaçon aussi étroits que des échelles. On aurait cru que le temps et l'usure avaient depuis longtemps enseveli cet amas de ruines, et que leurs occupants étaient tombés en poussière.

« Regarde, voilà quelqu'un », annonça Lisa.

De l'autre côté de la place, un solide bâtiment gris avec des fenêtres en ogive et une façade légèrement saillante était orné d'une pancarte de bois défraîchie qui disait : ALBERGO SILVIO. Au dernier coup de klaxon, la porte de l'auberge s'entrouvrit. Un grand parapluie noir en émergea, puis s'ouvrit brusquement pour abriter le crâne dégarni et le corps arrondi d'un respectable hôtelier vêtu d'un manteau noir, d'une fine cravate ajustée à la hâte sur une chemise d'une blancheur relative, et dont l'expression indiquait clairement que les dérangements n'étaient pas les bienvenus par un samedi après-midi pluvieux. Il descendit les escaliers en trottinant puis traversa la *piazza* avec précaution, évitant les flaques. Derrière lui, un jeune homme très mince en tablier bleu le rattrapa, courant tête nue sous la pluie, le visage sombre, les épaules voûtées pour protéger son maigre torse. Il atteignit la voiture en même temps que l'hôtelier. Ses yeux lancèrent à Amanda un regard désespéré, et sa bouche retomba, mélancolique.

Amanda eut envie de s'adresser d'abord à ce triste jeune homme, ne serait-ce que pour s'imprégner de son existence, mais l'aubergiste la salua suavement et étendit le parapluie, tel un énorme bouclier, pour la protéger du déluge. N'était-il pas plus correct de saluer son hôte avant de dévisager son serviteur ? Cependant, elle aimait mieux le visage sombre du jeune homme que celui de son maître, qui s'adressa à elle avec impatience :

« La *signora* a des ennuis ? La *signora* est-elle anglaise ? »

Amanda se souvint que les Italiens faisaient toujours preuve de cette sorte de curiosité, même avant de dispenser les premiers secours. Avant de songer à aider un étranger, ils devaient d'abord savoir s'il était américain, anglais, danois ou chinois ; s'il était professeur, commerçant, fonctionnaire, ouvrier ou artiste. Une fois ces premiers pas accomplis, la conversation pouvait se poursuivre en toute confiance.

« J'ai besoin d'aide, dit Amanda en italien, lentement. Je suis la *signora* Lashe. Je suis américaine. Et voici ma fille. Nous arrivons de Florence. »

Elle passa un bras autour des épaules de Lisa et l'attira à l'abri du vaste parapluie.

« Salvatore Porzio, propriétaire de l'hôtel Silvio, répondit l'homme grassouillet en exécutant une révérence qui fit vaciller son parapluie. Je vous prie de m'appeler Salvatore. À votre service. »

Il lança un bref regard à la voiture fumante.

« Votre automobile est-elle en train de brûler ? demanda-t-il.

— Heureusement non, elle est simplement *guasta*, en panne, expliqua Amanda. J'aurai besoin des services d'un bon mécanicien dès que possible. »

Salvatore se recula dans un mouvement de surprise et de dénégation.

« Un mécanicien, *signora* ? Je ne vois pas comment cela serait possible. »

Voyant l'air incrédule d'Amanda, il s'adoucit quelque peu.

« C'est-à-dire que j'ignore où en trouver un, *signora*. Quant à savoir quand il serait disponible... C'est le week-end, *signora*, nous sommes samedi. Aucun mécanicien ne travaille le samedi après-midi, et le dimanche il sera sans doute avec sa famille, peut-être même partira-t-il faire une excursion...

— Mais il doit bien y avoir quelqu'un, protesta Amanda.

— Hélas, il se trouve que Botto, le fils de l'un de nos tailleurs de pierre, s'est marié dans la vallée et s'est établi là-bas comme garagiste. »

Il haussa ses larges épaules en signe d'impuissance.

« À Rocca al Sole, nous avons peu besoin de ses services : il n'y a que deux autos dans toute la ville.

— Pouvez-vous envoyer quelqu'un le chercher ? Je le paierai bien. »

Salvatore hocha la tête.

« Il convient d'étudier la question », dit-il.

Amanda savait d'expérience qu'il était inutile de presser un Italien. Mais elle capitula avec un rire résigné.

« Très bien, réfléchissons-y. En attendant, auriez-vous la gentillesse de nous emmener à l'abri de cette averse ? le pria-t-elle en écartant ses cheveux emmêlés de sa figure.

— Mais bien sûr, *signora*. »

Le visage charnu de Salvatore exprima une soudaine sollicitude.

« Nous allons vous préparer une chambre. Vous y serez très bien. »

Il se tourna vers le valet morose à qui il ordonna :

« Dante, emmène les valises. »

Amanda sursauta, ce nom tellement intemporel semblait convenir parfaitement à ce visage mélancolique.

« Si la *signora* et sa fille veulent bien marcher devant moi, afin que je puisse tenir mon parapluie au-dessus d'elles. »

La procession pataude se mit donc en marche. Amanda tenait Lisa contre elle ; l'hôte brandissait le parapluie devant lui mais penchait la tête en avant pour éviter que l'eau ne ruisselle dans son cou. Le pauvre Dante, une valise dans chaque main, traînait le pas derrière, sa silhouette déjà sombre s'assombrissant plus encore à mesure que ses vêtements se mouillaient sous la pluie battante.

Le grand hall de l'hôtel était entièrement recouvert de marbre. Il y avait un lustre en verre de Venise rouge, et une cheminée sculptée dans le marbre rose devant laquelle étaient disposés quelques fauteuils. Le sol, une mosaïque de dalles noires et blanches qui avait dû être magnifique, ondulait de manière inégale jusqu'à un couloir sombre au fond de la pièce. À droite, une élégante cage d'escalier menait à un étage invisible. Au centre, un bureau en bois supportait le large registre de l'hôtel.

La troupe fit son entrée. À gauche, une porte à double battant s'ouvrait sur un petit bar, dont le comptoir était encombré d'une machine à *espresso* rutilante. Des tables et des chaises métalliques occupaient le reste de l'espace.

Au mur était accrochée une affiche touristique : une photographie sépia représentant deux skieurs dévalant une montagne enneigée. L'endroit correspondait à ce qu'Amanda s'attendait à trouver lorsqu'elle avait décidé de bifurquer en direction de la ville rose : un hôtel lugubre. Cependant, la machine à café était plutôt rassurante.

« Avant tout, il me faut un café, dit-elle avec fermeté à Salvatore, qui se tenait penché sur le registre, un stylo à la main. Et pour ma fille, une tasse de chocolat chaud. La machine fonctionne-t-elle ? Nous avons vraiment besoin de boire quelque chose de chaud. »

Le patron leva les bras au ciel.

« Peut-être dans une heure ou deux, lorsque la machine sera allumée. Il est encore trop tôt. Quel dommage que la *signora* arrive à cette heure ! »

Amanda fut saisie de découragement. Elle était gelée jusqu'aux os, et Lisa avait les lèvres bleues. Inutile de chercher un autre hôtel : celui-ci était sans doute le seul de la ville. Elle sortit son passeport et se dirigea vers le bureau.

« Nous voudrions une chambre double, avec une salle de bains. Les chambres sont-elles chauffées ?

— Je regrette *signora*, nous n'avons pas de chambre avec salle de bains, s'excusa Salvatore. Je peux cependant vous en donner une fort spacieuse au premier étage, située juste en face de la salle de bains. Si vous désirez de l'eau chaude, il faut le dire à la femme de chambre le matin. Elle demandera au cuisinier de la faire chauffer sur le poêle à charbon à la cuisine.

— Et pour le chauffage dans la chambre ? demanda de nouveau Amanda.

— Malheureusement, nous n'avons pas le chauffage central, mais nous pouvons y remédier, répondit-il. Bien que ce ne soit pas encore la saison, nous pouvons vous installer un petit radiateur électrique moyennant un supplément minime.

— Je vous remercie. Pouvez-vous le faire tout de suite ? Ma fille et moi sommes gelées. Par hasard, le cuisinier aurait-il fait chauffer de l'eau récemment ? Serait-il possible d'avoir un thé pour nous réchauffer ? D'ailleurs, une petite collation serait la bienvenue.

— Le cuisinier n'est pas encore ici, expliqua patiemment Porzio à ces Américaines qui voulaient décidément tout quand ça n'était pas l'heure. Cependant, il se peut qu'il reste une casserole d'eau chaude. Dès que la femme de chambre vous aura apporté les serviettes, elle ira vous préparer un thé. Le dîner sera servi à huit heures dans la salle à manger, derrière l'escalier. »

Il tendit à Dante une clé reliée par une longue chaîne à une boule en bois.

« La numéro cinq, lui dit-il. Veille à ce que la *signora* ne manque de rien. »

Puis à Amanda :

« Je vous ai donné une chambre très agréable, fit-il avec la sollicitude d'un hôte qui a bien peu à offrir. Très spacieuse, avec vue sur la place. Vous y serez confortablement installée, *signora*. Si vous désirez quelque chose, tirez le cordon pour appeler la femme de chambre, ou dites-le à Dante. »

Il s'inclina en direction d'Amanda et Lisa, puis disparut dans le couloir au fond de la pièce tandis qu'elles gravissaient les marches.

Dante les mena en haut d'un long escalier de marbre aux marches creusées par l'usure, pourvu d'une rambarde sculptée. Amanda comprit que, malgré sa décrépitude actuelle, l'endroit avait dû être une demeure luxueuse, voire même un palais. La chambre était certes grande, mais sombre et humide. Dante ouvrit immédiatement les volets, laissant pénétrer la lumière grise du jour. Ce geste révéla la seule note de gaieté de la pièce : le plafond, où une fresque fanée représentait des guirlandes de fleurs parmi lesquelles folâtraient des cupidons, sur fond de nuages au soleil couchant. Il y avait peu de meubles, et un tapis n'aurait pas été superflu. Deux lits rustiques aux montants en bois étaient collés au mur. À côté d'une armoire vernie, un lavabo muni d'un unique robinet saillait du mur. Près de la table, où trônait un encrier noirci dépourvu de plumier, se trouvait un fauteuil avachi recouvert d'un brocart râpé. Une petite ampoule pendait au milieu du plafond.

« J'ai froid », se plaignit Lisa.

Elle se précipita vers le lit le plus proche, mais lorsqu'elle écarta la couverture, elle ne découvrit qu'un matelas nu. Elle retira ses chaussures et se pelotonna sous le couvre-lit.

Dante se tenait immobile au milieu de la pièce, l'air embarrassé.

« Pourriez-vous aller nous chercher le radiateur et une couverture pour ma fille, s'il vous plaît ? lui demanda Amanda.

— Rien n'est prêt, car nous ne vous attendions pas, *signora*, expliqua Dante, l'air ennuyé. Patientez un instant, la femme de chambre sera bientôt là avec les serviettes. Elle fera les lits. Ils ne sont pas prêts parce que vous n'aviez pas réservé à l'avance, vous comprenez ? »

Il croisa le regard d'Amanda : il paraissait désolé de sa situation, mais pas déterminé à l'améliorer pour autant.

« Ne pouvez-vous pas nous aider un peu ? Le *padrone* m'a dit de m'adresser à vous en cas de besoin. Il me faut une serviette pour me sécher les cheveux. Ma fille a froid : elle besoin d'une couverture, de quelque chose de chaud à boire et d'une petite collation.

— Je ferai ce que me dit le *padrone*, répondit Dante, mal à l'aise. C'est la femme de chambre qui s'occupe des draps et des serviettes. Je vais la prévenir. »

Amanda tira un billet de mille lires de son sac à main.

« Merci par avance, fit-elle avec un sourire charmeur. Pourrions-nous au moins avoir un thé ? Et le *padrone* nous a promis un radiateur électrique. »

Les yeux de Dante s'allumèrent à la vue du billet, qu'il prit pourtant avec raideur.

« Je vais voir ce qui peut être fait », dit-il.

Puis il sortit.

Amanda ouvrit une valise, d'où elle sortit un chandail et une écharpe en laine. Elle en couvrit Lisa, puis s'assit à côté d'elle pour lui frictionner les bras et les jambes.

« Maman, j'ai le nez qui coule », geignit Lisa.

Elle semblait tellement fragile, avec son visage délicat et sa lourde chevelure soutenus par son cou si fin. Qu'elle tombe malade ici serait dramatique : le médecin le plus proche vivait sans doute à des kilomètres, peut-être même à Florence.

Le temps passait. Dante ne revenait pas, la femme de chambre non plus. L'odeur de la pluie flottait dans la chambre. Amanda se sécha les cheveux avec une chemise de nuit, aida Lisa à enfiler les vêtements les plus chauds qu'elle avait emportés pour elle et la remit au lit sous son châle. Elle lui caressa les cheveux jusqu'à ce qu'elle s'assoupisse.

Amanda tira par trois fois sur le cordon près de la porte, sans résultat. Pas le moindre signe de vie dans l'hôtel. Dehors, il avait cessé de pleuvoir. Il faisait plus clair. Une demi-heure passa. Quarante minutes. Lisa dormait, confortablement installée. Elle avait repris des couleurs. Il était absurde d'attendre un service qui manifestement ne viendrait jamais. Amanda lança un regard en direction du lit, puis ouvrit doucement la porte et partit à la recherche d'un éventuel employé.

Elle descendit dans le hall désert. Elle s'arrêta un instant, tendit l'oreille. De quelque part au rez-de-chaussée lui parvint le son étouffé d'une conversation. Puis, plus rien. Au bout du couloir où Salvatore avait disparu une heure plus tôt, une porte s'ouvrit. Une femme imposante en sortit, vêtue d'une jupe et d'une chemise. Elle tenait une tasse fumante entre ses mains, telle une offrande. Elle s'avança vers Amanda d'un pas lourd, sans la regarder. Celle-ci, la prenant pour la femme de chambre disparue, tendit la main et s'écria spontanément en italien :

« Quel bonheur ! Vous avez trouvé quelque chose de chaud. Justement, je vous cherchais. »

La femme se recula avec sa tasse, offensée. Elle marmonna quelque chose en allemand et s'éloigna en lançant à Amanda un regard hostile.

De toute évidence, ce n'était pas la femme de chambre. Quelle créature antipathique ! Mais à bien y réfléchir, qui lui avait témoigné la moindre sympathie dans cet hôtel ? Le patron s'était montré aussi peu coopératif que possible, et même son ami Dante au visage si triste semblait l'avoir complètement oubliée. Elle se dirigea d'un pas résolu vers la porte d'où était sortie la femme et l'ouvrit. Elle pénétra dans la cuisine de l'hôtel. Une grande casserole d'eau fumait au centre d'un énorme poêle, au-dessus duquel étaient suspendus louches et ustensiles. Dans un coin de la pièce, devant le plan de travail, Dante se tenait penché sur un amas de câbles, de pinces, de tournevis, affairé sur un petit radiateur électrique dont il tenait le fil à la main.

« Dante ! » s'écria-t-elle, soulagée.

Le jeune homme eut un sourire contrit.

« Le radiateur ne fonctionne pas très bien, avoua-t-il.

— Peu importe, lui assura-t-elle, car il fallait parer au plus pressé. Avez-vous une boîte de thé ? Je vais m'en faire une tasse avec cette eau. »

Hors de question ! La *signora* ne devait même pas songer à s'en occuper, il allait le faire lui-même, immédiatement. Il se lava prestement les mains à l'évier près de la fenêtre et sortit une théière. Il y jeta une généreuse poignée de feuilles de thé puisée dans une boîte en fer, remplit le récipient à l'aide d'une louche et le posa sur le poêle tandis qu'il cherchait une tasse et du sucre.

« Vous êtes bien aimable, lui dit Amanda avec chaleur. Je suis descendue chercher quelqu'un parce que la femme de chambre n'est pas encore venue. »

Dante se confondit en explications. La femme de chambre commencerait son service bientôt. Il n'était pas encore allé la trouver car le radiateur était *guasto*, et il lui avait semblé que c'était là la priorité de la *signora*. Malheureusement, les fils étaient vieux, et ils se cassaient à chaque fois qu'il essayait de les connecter, aussi n'avait-il pas encore réussi à réparer l'appareil, mais il avait l'espoir d'un succès imminent.

Amanda se réchauffa les mains contre la tasse. Elle suggéra gentiment à Dante que, pendant qu'elle buvait son thé, il pourrait aller prévenir la femme de chambre, afin qu'elle et sa fille puissent obtenir serviettes et couvertures dès que possible.

« Et peut-être aussi une bassine d'eau chaude ? demanda-t-elle en lorgnant la casserole fumante.

Dante s'empressa d'opiner. La *signora* était fort gracieuse, il convenait de s'occuper d'elle immédiatement. Il avait oublié certains de ses désirs, mais il courait de ce pas prévenir la femme de chambre, qui avait sûrement déjà commencé son service. Il lança un regard dévoué à Amanda avant de sortir s'acquitter de sa tâche.

Pauvre garçon, pensa-t-elle. Il avait sans doute pris sur son temps libre de l'après-midi pour s'occuper d'elle. Elle se souvint qu'il avait dû se précipiter sous la pluie sans même prendre le temps de se couvrir la tête. On lui octroyait sûrement un salaire de misère : tant mieux si elle lui avait donné un pourboire trop important. Elle aimait bien ce jeune homme maladroit. De plus, elle allait avoir besoin d'un ami dans cet endroit sinistre.

Elle se rapprocha du monstre de fer pour se réchauffer un peu, sirotant le breuvage amer que contenait sa tasse. Elle commença à se sentir mieux, au sein de cette atmosphère chaude et familière : il était si agréable de se retrouver dans une cuisine propre.

Elle s'apprêtait à boire sa seconde tasse de thé, lorsqu'elle s'aperçut qu'elle n'était pas seule. Dans un coin sombre de la pièce, assise sur une chaise, se tenait une énorme femme vêtue d'unc robe de soie grise. Son visage rond était d'une pâleur malsaine. Ses yeux gris, presque translucides, fixaient intensément Amanda. Elle n'avait rien fait pour indiquer sa présence. Son expression demeura inchangée quand Amanda la vit. Celle-ci, cependant, perçut immédiatement qu'il s'agissait là d'une personne à ne pas négliger – c'était d'ailleurs le message que faisait passer son regard, étrangement inexpressif malgré la puissance qui s'en dégageait. Amanda eut le sentiment désagréable qu'elle lui adressait une demande personnelle, qu'une force émanait de cette masse de chair. Tout ceci semblait absurde. Pas plus, cependant, que le silence obstiné de cette femme et son regard insistant. Pourquoi ne parlait-elle pas ? Amanda frissonna, mal à l'aise. Elle détourna les yeux puis, voyant que l'étrange créature la fixait toujours, elle se décida à rompre le silence. Après tout, la politesse peut être le salut des damnés.

« *Buona sera*, fit-elle avec froideur. Je ne vous avais pas vue. »

Elle se demanda s'il s'agissait encore d'une Allemande. La femme se leva : elle n'était pas aussi grande qu'elle en avait l'air assise. Son torse massif reposait sur des jambes courtes, et rien n'adoucissait sa lourde silhouette. Sa voix, aussi grave que celle d'un homme, vibrait d'autorité.

« Vous ne m'avez pas vue, mais vous m'avez entendue houspiller cette bourrique allemande », lança-t-elle dans un italien assuré.

Amanda eut un rire soulagé : cette femme mystérieuse ne semblait pas dénuée d'humour.

« La dame allemande n'est pas très bien élevée », convint Amanda en souriant.

Aucune réaction ne se percevait sur ce gros visage pâle. Ses yeux ne cillèrent pas, et restèrent fixés sur ceux d'Amanda.

« Vous êtes américaine, *una bella americana* de la classe cultivée », affirma la femme avec ce qu'Amanda reconnut comme le plus pur accent florentin. Malgré son abord rugueux, elle aussi appartenait sans aucun doute à la « classe cultivée ». Puis elle poursuivit dans un anglais impeccable :

« Avez-vous prévu de rester longtemps à Rocca al Sole ?

— Seulement pour cette nuit, j'espère, répondit Amanda, mal assurée. Je dois attendre qu'un mécanicien vienne de Florence pour réparer mon auto.

— Vous vivez à Florence ? Y retournerez-vous, quand vous quitterez cet endroit ?

— Je pense, oui.

— J'ai une maison à Florence. Vous devez venir me rendre visite, lança la femme d'un ton sans réplique. Je vous attendrai.

— Merci, peut-être cela pourrait-il se faire, fit Amanda, prudemment.

— Oui, je ferai en sorte que vous veniez. »

Amanda s'affola. Une telle présomption n'était pas pour inspirer confiance.

« Vous devez boire quelque chose de meilleur que ce mauvais thé », affirma la femme.

Elle se dirigea énergiquement vers Amanda, qui se recula aussitôt.

« Ne vous inquiétez pas. Je vous ai prise en affection. J'adore les Américains, proclama-t-elle avec un enthousiasme déconcertant. Maintenant, venez avec moi prendre un café au bar.

— Ils ne veulent pas allumer la machine. Il n'est pas encore l'heure. C'est ce que m'a expliqué le patron, se défendit Amanda.

— Ils l'allumeront quand je le leur dirai », affirma-t-elle.

Elle s'approcha encore d'Amanda, qui battit en retraite entre la fenêtre et le poêle, à l'endroit où Dante se tenait quelques instants plus tôt. La femme l'y suivit et lui posa la main sur le bras.

« Vous avez peur de moi ? demanda-t-elle avec un sourire jovial qui dénotait une certaine satisfaction. Il ne faut pas. Je vous aime bien. Venez au bar, nous ferons connaissance. »

Malgré son antipathie pour cette femme imposante, Amanda sentait qu'il valait mieux ne pas trop la contrarier. Quelque chose lui disait qu'elle pouvait devenir une alliée de poids dans cet hôtel peu accueillant. Il fallait donc se garder de l'offenser, même si le contact physique de ses doigts crochus sur son biceps lui était étrangement désagréable.

« Je crains que ce ne soit pas possible dans l'immédiat, répliqua-t-elle. Je dois aller m'occuper de ma fille. Elle est morte de froid, et la femme de chambre doit nous apporter des couvertures – en tout cas je l'espère.

— Vous avez une fille, dit la femme en articulant lentement. Voilà qui est intéressant. »

Elle ne lui proposa pas de l'aider, mais demeura un instant pensive.

« Très bien, finit-elle par lâcher. Vous devez aller prendre soin de la petite. Nous boirons un café ce soir. Me promettez-vous de me rejoindre au bar après le dîner ?

— Oui, oui », s'empressa d'acquiescer Amanda.

La main lui enserrait toujours le bras.

« Je vous promets. Ce sera un plaisir de prendre le café avec vous. »

Elle se retira adroitement.

« Pardonnez-moi, mais je dois y aller maintenant », s'excusa-t-elle.

Je ne peux pas la supporter, se dit Amanda tandis qu'elle se hâtait de rejoindre Lisa, en sécurité dans leur chambre sombre. Elle prenait plaisir à me mettre mal à l'aise. Comment me suis-je retrouvée dans cette histoire ?

Elle regretta de n'avoir pas emporté une tasse de thé pour Lisa, mais à présent elle attendrait la venue de la femme de chambre : il n'était pas question de redescendre tout de suite.

Elle ouvrit la porte de sa chambre. Un grand rayon de soleil éclairait la pièce ; le plafond l'accueillit de son éclat rosé. Lisa, souriante, parlait dans un italien enfantin à la femme de service, arrivée avec une pleine brassée de draps et de couvertures, qui s'affairait à faire les lits.

« Bonsoir, *signora*. Vous venez tout juste d'Amérique ? Resterez-vous longtemps en Italie ? Avez-vous des amis ici ? Avez-vous d'autres enfants ? »

4

Après le déluge de l'après-midi, à l'heure où le soleil couchant faisait scintiller les gouttes de pluie encore accrochées aux branchages, le marquis Eduardo Carleone franchit une nouvelle fois la porte de la ville, la mâchoire serrée, le regard sévère. Il avait reçu un message de Talenti, ainsi que – chose plus inquiétante – un autre de Guido il Torvo (Guido le Sinistre), l'un des tailleurs de pierre les plus raisonnables de la ville, un ancien résistant dont la loyauté envers la famille Carleone remontait à l'époque du père d'Eduardo. Le message de Talenti était simple : les fortes pluies de l'après-midi avaient causé un éboulement important. La route de la vallée était complètement obstruée, et les lignes téléphoniques avaient été coupées – voilà pourquoi on avait dû aller remettre ce message au marquis en main propre. Cependant, la route n'était pas le principal souci : dès que le terrain serait suffisamment sec pour permettre le passage à pied, on enverrait deux personnes prévenir les autorités dans la vallée. En revanche, Talenti s'inquiétait car un certain nombre d'hommes se réunissaient dans l'atelier de Guido il Torvo. Il craignait que les anciens partisans ne décident de résoudre eux-mêmes le problème de l'Allemand, laissant à la justice le soin de départager les torts par la suite. Il sentait qu'une pression morale autre que la sienne était nécessaire pour réfréner leurs ardeurs. Le vieux Guido n'avait pas souhaité que le marquis fût informé de la réunion, mais il avait finalement accepté que son fils porte le message de Talenti, auquel il avait ajouté quelques lignes.

Ces mots, que le vieil homme avait dû peiner à composer, étaient fort troublants. L'éboulement, écrivait-il, avait eu un effet notable : un loup qui s'était attaqué aux habitants de Rocca al Sole bien des années plus tôt se trouvait à présent pris au piège ici. Peut-être était-ce l'occasion de lui montrer que les agneaux qu'il avait tourmentés pouvaient mordre, eux aussi. Le problème serait réglé dans la discrétion, assurait-il. Il n'avait pas besoin des conseils du marquis, mais demeurait néanmoins son fidèle serviteur.

Les rapports du *marchese* avec les villageois avaient peu changé au cours de ses années d'absence. Il se sentait intimement lié à cette terre, à ces gens loyaux et constants. Il était fier que les habitants du bourg comme les paysans des environs le considèrent encore, ainsi que sa famille, avec une déférence quasi féodale. La parole du *signor marchese* avait toujours du poids. Même les communistes le tenaient en estime, les chefs des syndicats et les officiels de la région le consultaient souvent, bien qu'il intervînt rarement dans les affaires locales. Sa réserve naturelle le tenait à l'écart des affaires des hommes, dont il connaissait les familles, à l'instar de générations de *marchesi* avant lui.

Un lien spécial l'unissait à certains d'entre eux, dont il avait soutenu les activités de résistance pendant les dernières années de la guerre. À cette époque, la villa et les fermes qui en dépendaient avaient tout naturellement entrepris d'approvisionner les maquisards cachés dans les collines environnantes en nourriture, médicaments, couvertures et vêtements. La double menace des nazis et des collaborateurs fascistes avait plané sur la région au cours des dix-neuf mois qui avaient suivi la chute de Mussolini et la reddition de l'Italie aux Alliés en septembre 1943. Après cette date, les forces allemandes avaient franchi les Alpes et occupé toute la péninsule. Les hommes avaient déserté l'armée italienne en déroute pour prendre le maquis – s'ils n'avaient pas été capturés par les milices fascistes ou déportés dans des camps de travail en Allemagne. Les Alliés avançaient lentement par le sud du pays, tandis que les Italiens des villes et des campagnes souffraient, écrasés par l'arrogance des Anglais qui exigeaient une capitulation inconditionnelle. Naples et Rome étaient tombées, Pise et Florence avaient été libérées à la fin de l'été 1944. Mais quand les Allemands s'étaient enterrés pour l'hiver, ils avaient contrôlé toute la région au nord de Florence. Ils avaient brûlé des fermes, fusillé et pendu des hommes soupçonnés d'actes de résistance. Pendant ce temps, les habitants de la région, furieux et affamés, se regroupaient en bandes dans les collines.

Le vieux *marchese*, le père d'Eduardo, ne s'était pas contenté d'approvisionner ces groupes. Il envoyait son fils les avertir des mouvements des troupes allemandes et leur dispenser des conseils de modération afin de protéger la population des représailles.

« Tenez bon, soyez patients, leur recommandait-il. Nous autres Italiens n'avons aucun talent pour la guerre. Nous sommes une nation d'artisans, d'artistes, de poètes. Les hommes qui prennent plaisir à marcher au pas et à tuer appartiennent à une autre espèce. Maîtrisez votre colère et attendez – vous serez plus utiles quand les troupes anglaises et américaines viendront. »

Malgré son impétuosité, le jeune Eduardo était impressionné par l'humanisme et la tolérance de son père. Il en était venu à haïr la cruauté et les violences qu'entraînait la guerre. C'est à cette période que s'était forgé son caractère contemplatif.

Au printemps, lorsque les Alliés poursuivirent leur avancée vers le nord et que les parachutistes britanniques mirent pied sur les collines, Eduardo rejoignit le maquis de Rocca al Sole. Il prit part à leurs opérations, partagea leurs souffrances pendant que les troupes allemandes battaient en retraite par ces collines, jusqu'à leur défaite finale en avril 1945.

Les hommes du village l'estimaient pour cela, car ils savaient le terrible prix qu'il avait payé. À présent, ils respectaient d'autant plus ses opinions qu'il se contentait d'exercer une influence discrète sur les affaires publiques. Ce soir-là, cependant, il se rendait en ville avec l'intention de contrecarrer leurs projets et de s'imposer dans une réunion où il n'avait pas été invité.

Antonio, le garçon qui lui avait porté le message de Talenti, n'était pas le plus futé des enfants de Guido. À bout de souffle, le visage cramoisi, il avait attendu que le marquis parcoure les deux messages, après quoi il s'était laissé tirer les vers du nez.

« La ville est-elle vraiment isolée à cause d'un éboulement ?

— Oh, oui, tout le versant s'est effondré. Luca le Lézard s'est rendu sur place immédiatement après l'averse pour recueillir des lapins noyés dans leur terrier, et il a tout vu.

— Et Luca le Lézard est-il allé rapporter la nouvelle d'abord à ton père, ou au *maresciallo* ? » s'enquit Carleone.

Antonio l'ignorait, mais il finit par laisser échapper qu'un certain nombre d'hommes s'étaient rassemblés chez son père pour discuter de la situation.

« Et de quoi parlent-ils, Antonio ? Du loup que ton père mentionne dans son message ? »

Les yeux du garçon s'allumèrent. Il répondit que, en effet, les hommes parlaient de ce loup qui, il y a longtemps, avait tué tant d'agneaux et de brebis. Ils disaient également que ce glissement de terrain était le plus important qu'ils aient jamais vu, et qu'une tempête aussi violente que celle qui avait frappé la ville ce jour-là n'avait rien de naturel. Ils croyaient que le bon Dieu avait délibérément piégé le loup dans la bergerie, et ils débattaient à présent afin de décider ce qu'Il attendait de leur part.

« Le bon Dieu, bien sûr », marmonna Carleone.

Il ne connaissait que trop la superstition de certains de ces paysans et leur tempérament impulsif.

« Écoute-moi bien, Antonio. L'averse d'aujourd'hui était un phénomène parfaitement naturel, pas un déluge déclenché par le Tout-Puissant. Dis à Guido et ses hommes de réfléchir un peu avant d'accomplir ce qu'ils prennent pour une mission divine. »

Antonio s'en fut, choqué par un tel blasphème.

C'est ainsi qu'au soleil couchant, alors que les nuages s'embrasaient à l'horizon, Eduardo franchit pour la seconde fois la porte de Rocca al Sole. En pénétrant dans la ville haute, il eut de nouveau l'impression de s'enfoncer dans le passé. Il se dit que Guido il Torvo aurait aussi bien pu vivre il y a cinq ou huit cents ans. Le vieil homme appartenait à une longue lignée d'artisans. On pouvait généralement compter sur lui – aussi restait-il à espérer qu'il conserverait son sang-froid habituel dans cette affaire et modérerait l'impétuosité de ses camarades. Il avait écrit que le problème serait réglé « dans la discrétion ». Cependant, le discours concernant le loup et les agneaux n'était certainement pas pour apaiser les esprits, ce qui était inquiétant de la part de Guido.

Le marquis savait toute la haine accumulée dans le cœur des anciens résistants, et il comprenait qu'il était dangereux de raviver les brûlures du passé. Étant un homme instruit, il voyait à quel point ces paysans et ces artisans vivaient en retrait du monde moderne et de ses lois. Il lui appartenait de les convaincre – pour autant que cela fût possible – qu'ils ne pouvaient pas se conduire comme on le faisait au XIIIe siècle. L'incident du matin l'avait ébranlé, lui faisant prendre conscience de ses obligations : si les hommes prenaient la décision insensée de mener une vendetta à l'ancienne, sa responsabilité serait engagée. Et cela, il ne pouvait le permettre.

Lorsqu'il émergea du sombre dédale, Carleone arriva devant la maison de Guido il Torvo, dont les murs blanchis à la chaux tranchaient avec le chemin pavé qui courait le long des murs de la ville. Par la double porte ouverte, le soleil couchant éclairait l'atelier du tailleur de pierre : on pouvait apercevoir çà et là un banc, un tour, des outils pendus à un râtelier, des sculptures inachevées et, contre un mur, des blocs d'albâtre brut, de calcaire provenant des carrières voisines, et deux gros morceaux de marbre de Carrare. Une fine poussière de roche recouvrait le sol et les murs. Autour de la table, cinq hommes partageaient une bouteille de vin. Trois d'entre eux portaient une blouse de toile imprégnée de la même poussière que celle de l'atelier ; les deux autres étaient vêtus à la manière des paysans.

« Guido », lança le marquis en franchissant la porte.

Un homme trapu, joues rouges et épaisse tignasse blanche, se leva lentement, puis se dirigea vers le nouveau venu.

« *Signor marchese* », répondit Guido il Torvo d'un ton désapprobateur.

Eduardo perçut le climat hostile de la pièce. Les hommes se levèrent à contrecœur, visiblement gênés de le trouver ici. Le malaise se lisait sur le visage d'ordinaire imperturbable du vieux Guido. De toute évidence, il ne s'attendait pas à l'intervention du marquis dans cette affaire, qu'il comptait manifestement régler selon ses propres termes avec ses amis.

« Vous êtes toujours le bienvenu sous ce toit, dit le vieil homme avec respect, mais sans aucune chaleur. Puis-je offrir un verre de vin au *signor marchese* ? C'est le chianti du versant sud de Paolo.

— Avec plaisir. Merci, Guido. »

Le marquis pénétra dans la pièce et serra la main de chacun des hommes présents.

« Bonsoir, Niccolò, bonsoir, Luca », dit-il aux paysans vêtus de gros chandails et de lourdes bottes.

Tous deux dans la quarantaine, ces hommes à la peau mate et au sourire rusé dégageaient quelque chose de sournois.

« Ainsi, les lézards sont en ville, lança Carleone. Drôle de terrain de chasse, pour la saison. Les lièvres ont-ils déserté la montagne ?

— Il existe plusieurs sortes de gibier », répondit Niccolò, l'aîné des deux frères, avant de laisser échapper un rire strident.

Ainsi, ils veulent vraiment le tuer, songea tristement le marquis.

Il se souvint comme ces deux frères arrogants, alors presque encore des enfants, parcouraient les bois et les collines à l'époque de la Résistance. Chasseurs depuis leur plus jeune âge, et à l'occasion combattants audacieux, ils avaient fait leurs preuves en tant qu'éclaireurs. Grâce à leur expérience de la montagne, dont ils connaissaient la moindre ravine, le moindre sentier, ils avaient su établir les cachettes des maquisards dans des recoins inaccessibles, et disparaître sans laisser de traces quand le danger se faisait sentir. Au cours des dernières semaines de la guerre, ils avaient mené d'intrépides attaques-surprises, laissant derrière eux des Allemands en déroute et des avant-postes en flammes. Ces deux-là étaient toujours animés par la même fougue.

« Ce mois-ci, une nouvelle sorte de gibier a fait son apparition », ajouta Luca, le second frère, d'un air narquois.

Le marquis salua les deux hommes qui restaient – deux hommes grisonnants aux vêtements poussiéreux.

« Nastro, Luigi, comment allez-vous ? »

Il savait que ceux-ci avaient abandonné leur jeunesse belliqueuse derrière eux. Cependant, leur expression intransigeante ne laissait rien présager de bon. Il se tourna de nouveau vers Luca.

« Il existe une saison pour chaque sorte de gibier, fit-il remarquer. Pour celui dont nous parlons, la saison s'appelait la guerre, et il me semble qu'elle est passée. »

Carleone s'assit et but une gorgée de vin. Les autres se rassirent également. Tous demeurèrent silencieux, ruminant les paroles du marquis. Finalement, Luca lança d'un ton de défi :

« Si un sanglier enragé hantait ces collines, nous dissuaderiez-vous d'organiser une battue ? »

Eduardo se tourna vers le vieux Guido, qui faisait indéniablement figure d'autorité parmi les hommes présents.

« Êtes-vous certains qu'il s'agisse du même homme ? »

Le vieux hocha gravement la tête.

« Je suis allé le vérifier moi-même. Il a changé avec les ans, mais son visage et son caractère sont restés les mêmes. Il semble plus gras que lorsque nous l'avons connu, mais il n'y a pas d'erreur possible. De plus, il porte le même nom. »

Le *marchese* ne doutait pas de l'identité de l'Allemand. Il voulait simplement découvrir ce que savaient les villageois.

« Il s'appelle Grussmann ?

— Capitaine Willi Grussmann. Même nom.

— Fait-il toujours partie de l'armée ? Il n'est pas monté en grade ?

— Pas du tout, lâcha Guido, il est dans le commerce à présent, semble-t-il. Mais il se plaît à utiliser son ancien titre militaire ici, en souvenir du bon vieux temps. »

Niccolò cracha par terre.

« Avez-vous entendu qu'il est venu avec sa femme et son fils ? demanda le marquis.

— Des porcs de la même espèce ! » grogna Niccolò plein de dédain.

Nastro, le plus robuste des deux artisans, prit la parole.

« Il y a aussi son associé, avec sa femme et son fils : ils sont coulés dans le même moule. »

Il hésita un instant, cherchant ses mots.

« Vous ne les avez pas vus, *marchese*, poursuivit-il. Ils sont tout simplement insolents ! »

Carleone acquiesça, pensif. Il gardait un souvenir cuisant de la fureur qu'avait réveillée en lui la grossièreté des Allemands – une colère qu'il n'avait pas ressentie depuis des années.

« Pourquoi est-il revenu ?

— Par nostalgie, expliqua Guido avec une moue amère. Il montre à sa famille l'endroit où il a été si heureux.

— C'est curieux, intervint Luigi, rêveur. Il s'attend à ce que les gens l'apprécient. Il ne comprend pas pourquoi nous ne l'accueillons pas à bras ouverts, puisqu'il nous fait l'honneur d'apparaître parmi nous. Quinze ans plus tard, il croit encore pouvoir faire la loi ! Peut-être ne se souvient-il même pas de ce qui s'est passé ici ! »

Son visage se contracta à l'évocation de ce souvenir.

« C'est insupportable ! s'écria Luca le Lézard. Vous devez constater par vous-même son insolence, *signor marchese*. C'est intolérable ! »

Carleone scruta les visages qui l'entouraient. À sa grande inquiétude, il y lut le même mélange de rage et d'impatience. Bien des années plus tôt, lui aussi avait été dévoré par une colère si intense qu'il en avait été complètement aveuglé, oubliant qu'au-delà existait un monde naturel immuable et serein. Il avait compris que la colère altère le jugement et étouffe la pitié. De même, la fureur privait ses amis de tout discernement, ils avaient perdu de vue ce qui les rendait vraiment heureux : leur famille, le vin, la nourriture, l'excitation d'une discussion animée autour d'une table à la *taverna*, le travail de leurs mains et la satisfaction d'un ouvrage bien fait. Ils étaient prêts à sacrifier tout cela, à le regarder partir en fumée tel un vulgaire ballot de paille à cause d'un Allemand sans valeur. Il les voyait comme des enfants têtus.

Bien entendu, il pouvait leur donner un ordre. Ils lui auraient obéi, pour un temps du moins. Cependant, quelque chose en lui ne souhaitait pas les dissuader entièrement. Il avait pour eux une profonde empathie. Il avait éprouvé une haine aveugle envers ce même officier allemand. Des années avaient passé avant qu'il ne comprenne que la vengeance lui laisserait une cicatrice encore plus profonde que la blessure première. Ces vieux partisans n'étaient pas, eux, d'une nature contemplative. Ils avaient subi des pertes terribles, qu'ils étaient prêts à venger au risque de sacrifier leur bonheur et leur tranquillité. Le fait que le vieux Guido se soit joint à eux achevait de persuader Carleone que la situation pouvait devenir incontrôlable. S'il leur adressait un reproche direct, ils lui en voudraient de s'opposer à eux. Il éprouva soudain un profond dégoût à l'idée de voir encore du sang répandu sur cette terre paisible.

Eduardo s'installa confortablement dans sa chaise, feignant la décontraction.

« Je ne comprends toujours pas pourquoi vous souhaitez organiser une battue, dit-il. Luca parle de cet homme comme s'il représentait une menace. Mais que met-il en danger, sinon notre tranquillité si nous nous laissons troubler par sa présence ?

— Il sera la cause de tous les ennuis qu'il pourrait rencontrer ici, s'exclama Niccolò en se frottant les mains. Sa simple présence est une insulte. Il doit avoir une bien piètre opinion de nous, pour penser que nous pouvons la tolérer. »

Luca et Luigi émirent un grognement approbateur.

« C'est une insulte, j'en conviens, répondit Carleone avec calme. Du moins, c'en serait une si le bonhomme était capable de comprendre qu'il nous offense. Pour ma part, j'ai déjà eu personnellement affaire à lui, poursuivit-il d'un ton plus dur, et je crois qu'il ne conçoit même pas son erreur. Seul un animal insensible pourrait revenir ici comme il l'a fait. Tout me semble plaider pour une stupidité sans bornes de sa part, ne croyez-vous pas ?

— Il est stupide de croire que les anciens résistants de Rocca al Sole ne représentent plus aucune menace pour lui, lâcha Niccolò.

— Je suis d'accord, répondit le *marchese*. Nous avons amplement eu l'occasion de juger de ses facultés par le passé. Nous savons tous qu'il a un fût de bière vide à la place de la tête. En bref, il n'y a pas en lui le moindre signe de civilisation. »

Les vieux partisans suivaient le raisonnement, mais réservaient leur jugement.

« Nous, en revanche, sommes des êtres civilisés, poursuivit Carleone. Face à son insolence, faisons preuve de dignité. Il est stupide et insensible, mais nous sommes capables de sentiments, de réflexion. Ne nous rabaissons pas au niveau de cet animal – ce serait le flatter. Qui perd son temps à se venger d'un attardé mental ? »

Malgré les regards froids posés sur lui, Carleone crut percevoir un éclair de compréhension dans les yeux du vieux Guido. Cependant, impossible de dire s'il s'agissait d'un assentiment ou d'une moquerie. Le marquis poursuivit avec ironie :

« Prenez en compte les handicaps de cet homme : en plus d'être un idiot fini, c'est un militaire et un Allemand. Certes, nous avons connu d'honnêtes gens originaires de ce pays. Mais quelles sont les principales caractéristiques des nazis et autres boy-scouts dont nous avons reçu la visite pendant la guerre, et encore depuis ? Les voilà toutes réunies chez celui-ci : arrogance, froideur et grossièreté. N'est-ce pas ?

— C'est vrai, par Dieu ! » s'écria Guido, sortant soudain de sa réserve.

Cet éclat valut au marquis des sourires narquois de la part des hommes, mais il savait bien qu'ils appréciaient simplement son invective. Il n'avait aucunement ébranlé leur détermination à chercher réparation.

« Je ne ferai pas insulte à votre courage en vous demandant de penser à ce que nous avons à perdre si nous décidons d'abattre ce pourceau », dit-il d'un ton ferme.

Les conspirateurs – qui n'avaient jamais eu l'intention d'inclure le marquis – comprirent immédiatement les implications de ce « nous ». D'un côté, sa présence parmi eux signifiait de plus grandes chances d'impunité si les autorités venaient à enquêter de trop près sur l'affaire. En revanche, s'ils acceptaient les avantages de sa complicité, ils devenaient responsables des risques que courait le *signor marchese*, et du scandale qui aurait lieu s'il devait répondre de charges criminelles. Ignorant le malaise qu'il avait causé, Carleone poursuivit imperturbablement :

« Nous devons nous tenir prêts à renoncer à notre liberté et à notre foyer. Accepter d'abandonner nos familles et de moisir en prison loin de nos collines, punis par un bureaucrate d'avoir sabordé par un acte de violence le tourisme qui rapporte tant d'argent à la région. Comprendre également que nous ne sommes plus en temps de guerre, et que même un ancien résistant peut finir ses jours en prison pour un crime qui autrefois aurait été considéré comme une simple exécution.

— Talenti nous soutiendrait, s'entêta Luca. Il a toujours été avec nous par le passé, bien que sa charge de *carabiniere* l'ait retenu en ville. Souvenez-vous comme il nous a aidés. Croyez-vous qu'il ait changé ?

— Ce sont les temps qui ont changé, soupira Carleone. Talenti est sympathique, c'est un excellent ami, mais il se trouve ici dans une position extrêmement délicate. Nous ne menons plus une guérilla. Lui demander de couvrir un crime, ou simplement de fermer les yeux, lui causerait des difficultés que rien ne justifie.

— Il ne considérera pas cela comme un crime.

— Jamais il ne vous soutiendra. Inutile de nous bercer d'illusions.

— Et si Grussmann disparaissait, tout simplement ? suggéra Niccolò. Évanoui dans la nature, du jour au lendemain. »

Le marquis lui lança un regard impatient.

« L'Allemand n'est pas seul : ils sont six en tout. Quelqu'un remarquera forcément l'absence du capitaine. De plus, vous parlez comme si Talenti ne devait être pris en compte qu'une fois le fait accompli. Croyez-vous vraiment qu'il ne se doute de rien ?

— Oui, je lui ai parlé, intervint Guido. Talenti est contre nous.

— Alors il nous faut agir vite, trancha Niccolò. Le temps nous est compté. Qui sait quand ces porcs partiront ?

— Ils sont piégés ici, triompha Luca. Souviens-toi : la route est bloquée par le glissement de terrain. »

Le marquis fronça les sourcils.

« Avez-vous réfléchi à la manière de procéder ? »

Niccolò et Luca s'écrièrent :

« Une balle dans la tête !

— Il faut l'égorger pendant son sommeil. »

Le vieux Guido s'imposa.

« Mieux vaut ne prendre aucun risque. Le mieux est de lui tirer dessus.

— Mais il ne comprendra même pas ce qui lui arrive, ni pourquoi, se récria Luca. Si on le tue dans son lit, nous aurons au moins le temps de lui murmurer un ou deux mots à l'oreille avant de lui trancher la gorge.

— Tu y prendrais plaisir, n'est-ce pas ? rétorqua le marquis, glacial.

— Il dort avec sa femme, dit le vieux Guido. Comptez-vous la tuer elle aussi ? C'est la seule manière d'éviter qu'elle ne donne l'alerte.

— Non, c'est impossible, intervint Nastro. Le *marchese* a raison au moins sur ce point : nous devons nous comporter en êtres civilisés. »

Il se tourna vers Carleone.

« Le problème, monsieur, c'est que les Allemands se déplacent toujours en groupe. Même au cours de leurs promenades dans la forêt, ils marchent en rangs serrés. Cela en fait une cible difficile, d'autant que la balle destinée à l'homme de tête pourrait atteindre les femmes qui le suivent.

— De plus, il y aurait cinq témoins, marmonna Luigi.

— Simple accident de chasse. Si l'on choisit bien le tireur, insista Niccolò en se désignant du pouce, les femmes ne courront aucun danger.

— Mais après l'accident, la police retrouvera le chasseur et l'interrogera, objecta Guido. Tu es trop impétueux, Niccolò, tu ne sais pas dissimuler ta colère.

— Et pourquoi devrais-je le faire ? s'insurgea-t-il. C'est grâce à cela que je sers à quelque chose.

— Tu nous mets tous en danger, rétorqua froidement Guido.

— Pourquoi ne pas imaginer un autre type d'accident ? proposa Luca, soudainement inspiré. Nastro a raison, ils arpentent toujours la montagne ensemble. Quoi de plus naturel qu'un rocher qui dévale la pente pour venir s'écraser sur eux ?

— Il y a trop de chances de rater l'homme que nous visons, dit Luigi en haussant les épaules.

— Et puis cela risquerait de tuer ou de blesser un certain nombre d'entre eux, ajouta Guido, irrité.

— Et alors ? cria Luca. Moins ces animaux seront nombreux, mieux le monde se portera. »

L'idée d'une telle barbarie indigna le marquis, qui se leva aussitôt.

« Puisque vous êtes prêts à assassiner ces six personnes, dont deux sont des femmes, annonça-t-il froidement, vous ne valez pas mieux que des sauvages. Je ne réponds plus de vous. J'ai honte de me trouver en votre compagnie. J'étais prêt à écouter vos arguments, mais je ne vois ici qu'une folie meurtrière aveugle. Vous comprendrez que je ne vous compte plus parmi mes amis, et que j'interviendrai personnellement pour vous empêcher d'agir. »

Le vieux Guido se leva à son tour.

« *Signor marchese*, ne nous rejetez pas à cause de ce fanfaron. Rien ne nous réjouit dans cette affaire. Seul Luca est assoiffé de sang ; nous savons tous qu'il n'a aucune conscience morale. »

Carleone se dirigea vers la porte. Sur le seuil, il se retourna et lança au vieil homme :

« Mais toi, Guido, tu perdras le sommeil pour le restant de tes jours si tu détruis la paix qui règne à Rocca al Sole par un acte de barbarie. Laisse donc ce privilège à Grussmann, il l'a mérité.

— Je l'ai bien observé, répondit Guido. Malgré tous ses crimes, il dort paisiblement la nuit.

— C'est un monstre, un sadique ! explosa Luca. Il est fier de ce qu'il a fait. Devons-nous le laisser nous narguer ?

— Si tu décides de pourchasser tous les imbéciles et tous les voyous, tu risques fort de dépeupler la Terre, soupira le marquis. Vous n'êtes que des têtes brûlées. Il est dangereux d'estimer la valeur de la vie d'un homme lorsque l'on est sous l'emprise de la colère. Seul un être pondéré peut rendre la justice. Souvenez-vous des mots de Dante : la nature divine voue chacun à un enfer plus adéquat que celui auquel nos efforts maladroits pourraient le conduire. Grussmann se punit lui-même : il est la somme de ses actes, il devient ce qu'il a choisi d'être. Voilà toute l'horreur du jugement de Dieu : il est condamné à être Grussmann ! Qui sommes-nous pour usurper les prérogatives du Ciel, et abréger la peine qu'Il a infligée à cet homme ?

— Ne parlez pas de Ciel et d'Enfer à un vieux communiste, marmonna Nastro.

— *Signor marchese*, vous avez raison jusqu'à un certain point, affirma Guido. La punition de Grussmann découle de ses propres actes : il nous a provoqués, et nous lui retombons dessus comme une pierre qu'il aurait jetée en l'air. Ce n'est que justice. Pourquoi devrions-nous avoir peur ? Les hommes ne sont-ils pas les instruments de la justice ?

— Et vous, *marchese*, pouvez-vous lui pardonner ? » demanda Luigi avec sévérité.

Tous observèrent Carleone, retenant leur souffle. Le regard intelligent du marquis se troubla.

« Non, je ne lui ai pas pardonné, articula-t-il. Mais je ne vous aiderai pas à l'assassiner. En tant qu'ami, je me dois de vous protéger de vous-mêmes... »

Il s'interrompit pour étudier les visages fermés qui l'entouraient. Il repensa à un certain matin glacial, la ville silencieuse, les résistants de retour dans leurs foyers qu'ils avaient aidé à libérer. Ils marchaient d'un pas léger, parlant peu, l'oreille à l'affût – lorsqu'ils étaient tombés sur le corps du fils de Nastro, âgé de dix ans, les bras cassés, une balle dans la tête. Il revit la masse sanglante abandonnée sur les dalles près de la fontaine sur la place : la petite fille de Luigi, la bouche ouverte, le dos brisé. Les nazis en déroute avaient laissé leur carte de visite à ceux qui leur avaient résisté. Carleone ne pouvait pas en vouloir à ces hommes, avec qui il avait vécu cette matinée il y a si longtemps.

Il ferma les yeux pour chasser une autre image qui revenait dans ses rêves les plus sombres. Jamais il ne parviendrait à s'en libérer ; impossible d'oublier la pâleur, le sang, la froideur de ce corps aimé sous ses doigts. Il revit l'intérieur sombre de la masure où un jeune Talenti en pleurs l'avait conduit. Il avait attendu un long moment que ses yeux s'accoutument à l'obscurité, avant de voir le corps mutilé de sa belle et jeune épouse, la gorge et le visage noircis par la strangulation, avec, à la place des seins, de grandes entailles sanglantes. Le marquis laissa échapper un gémissement et rouvrit les yeux. Les hommes l'observaient à présent avec respect, mal à l'aise.

« Si je ne souhaite pas me venger, pourquoi ne pas vous en abstenir également ? demanda-t-il avec dédain.

— Expliquez-nous seulement pourquoi, *marchese*, implora Nastro, pris entre sa rage et son estime pour Carleone. Vous ne pouvez être sérieux. Pourquoi renoncer maintenant à ce que nous aurions dû faire il y a longtemps déjà ? Nous aurions très bien pu le tuer, à l'époque...

— Mais nous ne savions pas, intervint Luigi. Nous l'avons laissé s'en tirer parce que nous ignorions ce qu'il avait fait. »

Eduardo fut pris d'un élan de compassion pour les deux artisans, le vieux Guido, tous. Il dit d'un air sévère :

« Oui, nous aurions dû le tuer à ce moment-là. »

Sa voix se fit plus douce.

« Nous avions en face de nous un soldat ennemi. À présent, nous avons un petit commerçant absolument insignifiant, imbu de lui-même, qui croit passer des vacances dans un endroit paisible. Grussmann a oublié. Il ne vaut pas la peine de compromettre votre tranquillité d'esprit et celle de vos familles.

— Serons-nous vraiment tranquilles si nous le laissons filer ? » ironisa Niccolò.

Bon sang, je ne parviendrai jamais à les convaincre, pensa Carleone. Le retour de Grussmann les a replongés quinze ans en arrière, ils se croient encore résistants en avril 1945. Leur obstination les poussera à passer à l'acte, à venger une blessure par la mort.

« Écoutez-moi, lança-t-il pour contrer Niccolò. Je vous demande la grâce de cet homme. Écoutez mes raisons et tâchez de les comprendre. À la fin de la guerre, Goebbels, l'un des plus hauts dignitaires nazis, a fait une prophétie. Avant de se suicider, il a dit que les fascistes et les nazis avaient en réalité gagné la guerre, parce que leurs opposants avaient adopté leurs méthodes et ne pouvaient s'en passer. L'un de mes buts dans la vie est de lui donner tort.

« Inutile de vous rappeler, poursuivit-il gravement, que je me suis joint à vous pour combattre les Chemises noires qui infestaient nos collines. Mais nous avons utilisé leurs méthodes, ne l'oublions pas : le couteau dans le dos, les coups de feu dans la nuit, la mine cachée à la source où les hommes viennent boire, le feu qui ravage la tente des soldats endormis. Voilà ce que nous sommes devenus. »

Il scruta son auditoire : tous les visages exprimaient une certaine satisfaction.

« Nous avons fini par les chasser, ou plutôt nous y avons contribué, poursuivit-il. Puis nous sommes retournés à nos vies paisibles, nous avons un peu oublié. Nous sommes un peuple cynique. Nous fermons les yeux sur la corruption tant que nous pouvons en profiter : tant pis si l'on se fait berner, pourvu que l'on puisse berner quelqu'un à son tour. Mais malgré tout, nous avons le cœur léger. Nous avons enterré les peurs et la cruauté du passé. Nous pouvons faire confiance à nos voisins, rire en buvant du vin. »

À présent, les hommes l'écoutaient, pensifs.

« Permettez-moi également de vous rappeler que l'Italie a renoncé au vol et au meurtre. Nous avons choisi la civilisation. La peine de mort n'existe pas dans la loi italienne.

Nous sommes au-dessus de ces pays barbares où l'on tue légalement les assassins. Qui êtes-vous pour vous affranchir des lois de votre patrie et ternir sa réputation ? Réfléchissez à ce que vous vous apprêtez à faire. Voulez-vous vraiment revenir aux jours du fascisme, au sang et à la haine ? »

Les visages se fermèrent derrière un masque de silence. Guido il Torvo fit signe aux autres qu'il allait parler en leur nom.

« *Signor marchese*, dit-il en choisissant ses mots avec soin, vous nous avez presque convaincus. Notre esprit n'est pas aussi subtil que le vôtre, car vous maîtrisez l'art et les sciences, vous comprenez le monde mieux que nous. Nous ne connaissons que ce village, les fermes et les montagnes environnantes. Mais nous vous respectons, vous êtes notre *marchese*, un homme noble, *distinto e bravo* [1]. Vous nous dites que si nous commettons cet acte, nous sommes des fascistes, or nous les détestons ! Nous ne souhaitons pas leur ressembler. Vous avez raison de nous rappeler que cet Allemand est venu ici en paix et qu'il ne sert à rien de provoquer un imbécile. Cependant, nous n'oublions pas que c'est également un criminel – vous devriez l'observer, il nous le rappelle chaque jour –, et vous savez qui sont ses victimes.

« Il est également vrai que nous lui avons donné une bonne leçon, ainsi qu'à ses camarades, en lui tendant nos traquenards. Ce sont nos collines, nous sommes ici chez nous. Pourquoi devrions-nous regretter ce que nous avons fait ? Nous avons infligé moins de mal que nous n'en avons reçu : ils n'ont pas payé pour leur dernier outrage.

1. Distingué et courageux. (*N.d.T.*)

— Il est trop tard, à présent, répliqua Carleone avec hauteur. Il s'agissait d'un acte de guerre. Allons-nous rester en guerre pour toujours ?

— Je voulais simplement exposer clairement notre sentiment, expliqua Guido. Par respect pour vous et votre sagesse, nous vous faisons ce serment : nous ne porterons pas la main sur cet Allemand. Aucun d'entre nous, ajouta-t-il à l'intention de Luca et Niccolò. Ni seul, ni en groupe. Seulement, nous ferons une exception à la grâce que vous demandez : à la moindre provocation de sa part, il sera exécuté. »

Le marquis accepta cette décision avec soulagement.

« Merci, Guido. Merci à tous. Mais faites attention à ce que vous considérez comme une provocation, et ne croyez pas que je cautionnerai l'exécution. Cependant, vous avez pris une sage décision. Vous comprendrez que je ne souhaitais pas vous l'imposer. Bonne nuit à tous. »

L'espoir qui luisait dans les yeux des hommes présents était bien différent de celui du marquis. Celui-ci le savait. Ils n'étaient pas absolument convaincus.

5

Au coucher du soleil, alors que le ciel s'était éclairci, Amanda avait repris confiance. Après le départ de la femme de chambre, elle avait bordé Lisa sous une épaisse couverture de laine. Elle avait usé des expédients féminins habituels pour se remonter le moral : elle s'était lavé le visage, peigné les cheveux et changée. La rencontre dans la cuisine l'avait décidée à quitter cet endroit le plus vite possible.

Pourtant, elle hésitait. Peut-être valait-il mieux attendre que la voiture soit réparée ; mais cela risquait d'empêcher Lisa de retourner à l'école. Le plus sage, se dit-elle, était sans doute de prévenir quelqu'un à Florence, puisque personne ne semblait disposé à l'aider ici. Dante n'avait pas réparé le radiateur : il s'escrimait sans doute encore avec ses tournevis dans la cuisine. En attendant, il faisait toujours froid dans la chambre. Quant à Salvatore, bien qu'il fût sans doute au courant de ses difficultés, il n'avait pas reparu.

Les gens qu'elle avait rencontrés à l'hôtel étaient trop incompétents ou inquiétants pour qu'il lui vînt à l'idée de leur demander assistance. De toute sa vie en Italie, elle avait pour la première fois l'impression de se trouver plongée par erreur dans un monde qui n'était pas le sien, où elle ne pouvait se tourner vers aucun visage familier. Un frisson la parcourut.

La chose la plus raisonnable à faire était de téléphoner aux de'Bartoli. Carlo et Bice se feraient un plaisir de l'aider, ils viendraient immédiatement la chercher. Cela signifierait abandonner sa voiture ici, mais, en tout état de cause, les réparations prendraient un certain temps. Bien entendu, s'ils ne venaient que lundi, Carlo pourrait amener un mécanicien, qui accomplirait peut-être un miracle et lui permettrait de rentrer chez elle. Mais un mécanicien penserait-il à prendre les pièces nécessaires – si seulement il acceptait de se déplacer si loin ? Non, bien entendu. D'une certaine manière, cela la rassurait : elle n'avait pas particulièrement envie de redescendre seule par la même route. Cette pensée lui rappela l'éboulement auquel elle avait échappé de justesse. La peur qu'elle était parvenue à refouler surgit soudain. Elle décida de dire à ses amis d'attendre le lendemain pour venir les chercher, elle et Lisa, afin qu'ils n'empruntent pas cette route escarpée de nuit. En outre, ils feraient bien de se renseigner sur l'état de la chaussée avant d'entreprendre l'ascension.

La cloche de la cathédrale commença à égrener les coups de six heures, bientôt rejointe par le carillon d'une église toute proche, puis par l'écho cuivré d'un autre clocher lointain, semblable au chant des oiseaux flottant dans le ciel. Quel son merveilleux ! Cette douce musique indiquait qu'il régnait un ordre ancestral dans cette ville en apparence si chaotique.

Elle partit à la recherche de Salvatore, qu'elle trouva assis à son bureau, situé derrière la porte où elle l'avait vu disparaître. Cette fois-ci, il se montra courtois et détendu.

Le téléphone de l'hôtel se trouvait dans le hall et était à l'entière disposition de la *signora* – s'il fonctionnait, bien entendu.

Cinq minutes plus tard, Amanda tenait à la main un combiné muet, tandis que son hôte, qui l'avait suivi, hochait la tête en signe de compassion. La tempête avait sans doute endommagé les lignes. En fait, on l'en avait même informé récemment : quelqu'un avait annoncé la nouvelle à Dante et au cuisinier. Cependant, personne ne s'en était assuré jusqu'à présent. Salvatore s'empara du combiné pour essayer à son tour.

« La *signora* a bien fait d'essayer. À présent, nous sommes certains que la ligne ne fonctionne pas. »

Le bruit s'était répandu dans la ville que la pluie avait provoqué un énorme glissement de terrain, bloquant la route vers la vallée. Ça n'était pas la première fois qu'une telle chose se produisait. Les éboulements avaient souvent lieu au même endroit, là où les fils téléphoniques passaient au-dessus de la route. D'après l'expérience de Salvatore, la chute des poteaux avait sans doute interrompu la ligne.

Tandis qu'elle l'écoutait, Amanda lança un regard au lustre vénitien, se disant qu'elle aurait sûrement l'occasion de l'admirer plus longtemps qu'elle ne l'aurait souhaité.

« Avez-vous une idée du temps qu'il faudra pour que la ligne soit réparée ?

— Impossible à dire, *signora.* »

Salvatore se souvenait que, lors du précédent éboulement, cinq ans plus tôt, il avait fallu attendre un mois avant que le téléphone ne soit rétabli. Mais d'après ses informations, cette fois-ci les dommages étaient bien plus importants : tout un pan de la montagne s'était affaissé, une vraie catastrophe.

Bien sûr que toute la montagne s'était effondrée ! Le souvenir des blocs de pierre et de la coulée de boue à laquelle Lisa et elle avaient échappé de justesse assaillit de nouveau Amanda. Des tonnes de rocs avaient dû tomber derrière elles. L'avalanche de pierres avait peut-être bloqué l'issue de la ville pour un long moment, mais à présent ce désagrément semblait insignifiant en comparaison du danger qu'elle et sa fille avaient couru. Elle fut prise de nausée lorsqu'elle se rendit compte que c'était un véritable miracle qu'elle et Lisa ne se soient pas trouvées ensevelies sous une avalanche de débris rocheux.

« Nous y étions quand c'est arrivé, dit-elle à l'aubergiste. Nous étions sur la route quand les pierres ont commencé à tomber. L'une d'elles a cogné notre roue arrière. Si nous étions arrivées une minute plus tard, nous aurions été frappées de plein fouet.

— *Che orrore, signora !* s'exclama Salvatore, impressionné. Mais c'est un miracle que vous ayez ainsi échappé à la mort. Louée soit la *madonna* ! La Sainte Vierge doit vous tenir sous sa protection, vous et votre petite fille. Je n'avais pas la moindre idée de ce que vous veniez de subir, quand je vous ai rencontrée sur la place. Si j'avais su, je vous aurais immédiatement offert un verre de brandy.

— Un remontant aurait été le bienvenu, en effet. »

Amanda sourit, mais elle se sentait soudain fébrile.

« Même à présent, la *signora* semble bien pâle, s'inquiéta Salvatore. Il n'est pas trop tard pour un remontant. »

Il trottina jusqu'au bar, d'où il sortit une grosse bouteille de brandy et un verre qu'il remplit aussitôt. Assise sur l'une des chaises métalliques, Amanda savoura la brûlure de la liqueur, qui s'avéra être une mauvaise eau-de-vie.

Cependant, elle lui réchauffa le corps, et la soudaine sollicitude qui avait poussé Salvatore à lui offrir ce verre lui mit du baume au cœur.

« N'y a-t-il pas une autre route qui mène à Rocca al Sole ? demanda-t-elle. Si j'envoie quelqu'un prévenir mes amis à Florence, ne pourraient-ils pas venir me chercher par un autre chemin ? »

Mais il n'y avait qu'une seule route pour descendre dans la vallée. Deux autres chemins pavés quittaient la ville : l'un menait au couvent Notre-Dame-des-Anges, en amont ; l'autre desservait quelques villas ainsi qu'un hameau haut perché, encore plus petit que le village. Il n'y avait pas d'autre issue. Il existait bien quelques sentiers étroits de chasseurs menant à la vallée, mais il était impensable que la *signora* ou ses amis se risquent à les emprunter : une telle averse les aurait certainement rendus impraticables.

Amanda rit. Avec ce brandy, elle se sentait étourdie et insouciante. Tant qu'à être coincée ici, autant avoir affaire à des Toscans. Après tout, elle et Lisa étaient en sécurité, et l'on s'occuperait bien d'elles. Et puis Amanda voulait du changement. La ville était sans doute merveilleuse, elle l'avait senti dès le premier regard. Le ciel s'était éclairci en fin de journée, promettant du soleil pour le lendemain. Elle pourrait donc emmener Lisa se promener dans la campagne comme elle le lui avait promis.

« Combien de temps a-t-il fallu, il y a cinq ans, pour déblayer la route afin que les voitures puissent passer ? » demanda-t-elle à Salvatore.

Celui-ci ne savait pas trop. Cela avait pris un certain temps : deux à trois semaines, peut-être plus.

Amanda ne s'attendait pas à un tel délai, mais après tout, l'aventure pouvait s'avérer amusante. Si dans quelques jours un garçon du village réussissait à descendre par le sentier afin de faire parvenir une lettre à ses amis de Florence pour les prévenir de ne pas s'inquiéter de son absence prolongée, elle s'inclinerait devant les circonstances. Que pouvait-elle faire d'autre ? Elle rit de son obstination face à l'inévitable, elle qui avait résolu de prendre son destin en main en choisissant de quitter la route principale. Il semblait que son désir de liberté l'avait attirée dans ce piège. Elle avait mordu à l'appât – ce charmant panneau indiquant la direction de la jolie ville rose –, croyant forcer sa destinée.

Elle devait cesser de s'inquiéter. Elle avait amené sa fille en Italie pour lui épargner une vie superficielle, pour lui montrer à quel point l'existence pouvait être profonde dans un pays où le temps s'était arrêté, suspendu entre aujourd'hui et hier – voire mille ans plus tôt. Elles partiraient à la découverte de cette ville qui possédait plus de clochers que d'automobiles. Ce serait pour Lisa une expérience inoubliable. Elles devaient en profiter autant que possible. La perspective de tranformer cet incident en un épisode mémorable de leurs vies réjouit Amanda. Si seulement la dame allemande et cette femme aux yeux inquiétants pouvaient ne pas apparaître au dîner ! Mais si c'était le cas, tant pis, il faudrait les supporter.

Toutefois, cette petite inquiétude s'avéra infondée. Après que la cloche du dîner eut retenti, une Lisa fraîche et dispose accompagnée d'une Amanda ravie pénétrèrent dans la salle à manger aux tables couvertes de nappes blanches. Il n'y avait pas le moindre signe de la femme rencontrée à la cuisine.

Une petite dame aux cheveux gris, le visage aussi vif que celui d'une souris, était installée près du mur. Un couple italien rigide, portant des vêtements classiques, occupait une table en retrait. Ils ne se regardaient pas, ils ne s'adressaient pas la parole. Au centre de la pièce, six personnes massives étaient en train de s'asseoir. Amanda reconnut parmi eux l'Allemande qui avait fait preuve d'une telle grossièreté dans le couloir. Elle retint son souffle. Mais lorsque les deux femmes du groupe aperçurent Lisa, si calme, si fragile, quelque chose dans ce visage enfantin sembla les toucher simultanément, de sorte qu'elles poussèrent un petit cri et s'élancèrent pour saluer la fillette.

Comme elles lui parlaient en allemand, Lisa lança un regard perplexe à sa mère. Celle-ci ne comprenait pas plus le sens de ces salutations, mais elle était soulagée par le ton amical des gloussements de ces deux mères poules.

« Dis bonjour aux dames », dit-elle à Lisa.

Celle-ci tendit une main hésitante, qui fut aussitôt accaparée par ses deux admiratrices.

« *Do you speak English ? Parla italiano ?* s'enquit Amanda, qui se demandait comment surmonter la barrière de la langue.

— J'ai un peu anglais », répondit l'une des femmes.

Ce n'était pas celle qu'Amanda avait rencontrée plus tôt, mais à présent toutes deux arboraient le sourire bienveillant que toutes les matrones du monde emploient face à une jeune maman. L'un des hommes plus âgés – qui malgré son allure prétentieuse souriait également à Lisa – avança qu'il parlait un peu l'italien, et qu'il avait fait de nombreuses lectures en anglais. Les deux jeunes parlaient également l'anglais.

« Vous arrivez seulement aujourd'hui ? » demanda l'homme dégarni.

Quand Amanda lui répondit que c'était effectivement le cas, il l'invita cordialement à venir prendre le café avec eux au bar après le dîner. Amanda s'empressa d'accepter.

Dante, qui faisait à présent office de serveur, vêtu d'une veste et de gants blancs (combien de temps durait donc son service ?), mena la *signora* et sa fille à une table près de la fenêtre, où il leur apporta deux bols d'un épais minestrone. Le dîner ne fut pas mauvais, hormis le veau, un peu trop gras. Mais Amanda apprécia beaucoup le panier de fruits garni de raisin blanc et de poires juteuses, ainsi que le délicieux morceau de pecorino. Un chianti convenable accompagnait le repas. Libérée de la tension qui l'avait agitée au cours des heures précédentes, elle commençait à savourer leur nouvelle situation. Ce raisin, quelle saveur ! Pourquoi ne trouvait-on pas de tels fruits aux États-Unis ? Elle pela une poire pour Lisa et se resservit un second verre de vin.

Après le souper, le groupe de la table centrale vint entourer Amanda et, avec forces exclamations en allemand à l'attention de Lisa, l'escorta jusqu'au bar. Là, le plus corpulent des quatre hommes, celui aux cheveux clairsemés, se présenta comme étant Herr Grussmann, puis commanda une tournée de digestif et de café, ainsi qu'une orangeade pour Lisa. Il présenta ensuite sa femme, Gertraut, dont la masse imposante était engoncée dans une robe de laine. C'était celle qui avait « un peu anglais ». Les deux quinquagénaires étaient les Wiener. L'homme semblait à peine aimable, et sa femme avait des manières brusques. Les deux jeunes hommes blonds étaient les fils de chacun des couples, mais Amanda ne parvint jamais à les distinguer ni à déterminer leur filiation.

Gentiment mais fermement, Herr Grussmann prit la conversation en main. Il maîtrisait assez bien l'anglais.

« J'espère que vous aimez la nature », dit-il.

Amanda acquiesça.

« Ah ! s'exclama-t-il. Dans ce cas, je peux être fier de ma perspicacité. Je l'avais deviné dès que je vous ai vue. »

En effet, il avait affirmé cela à table. Ses compagnons avaient immédiatement opiné. Rien ne valait mieux que le monde naturel. Sa plus grande joie était d'entrer en communion avec un espace vierge : la forêt, la montagne et les rivières faisaient vibrer son âme. Sa femme, son fils et ses amis partageaient la même passion. C'étaient tous de grands marcheurs. Il espérait qu'Amanda aimait marcher et se joindrait à l'une de leurs promenades.

Elle répondit qu'elle adorait flâner dans la campagne, mais, apparemment, cette activité n'était pas du goût de Grussmann. Non, non, la mit-il en garde, il n'était pas bon de flâner – sauf pour l'artiste ou le poète. Marcher à vive allure, d'un pas sain et vigoureux, voilà qui vous maintenait en bonne santé. Amusée, Amanda lui avoua qu'elle peignait. Elle se promenait toujours avec son carnet de croquis, ce qui lui fournissait souvent l'occasion de s'arrêter.

« Vous êtes une artiste ! s'exclama Grussmann. C'est l'activité la plus noble qui soit. »

Les membres du groupe adressèrent à Amanda des regards respectueux.

« Vous avez choisi pour vous retirer un lieu de la plus grande beauté, poursuivit-il. De notre côté, nous préparons ce voyage depuis deux ans. J'y pensais depuis fort longtemps. Voyez-vous, quand mon fils était encore enfant, j'ai passé quelques mois dans la région, et depuis je n'ai eu de cesse d'amener ma famille ici, car cet endroit est l'un des plus beaux sites naturels du monde. Et à présent, nous y sommes. N'est-ce pas Gertraut ?

— En effet, murmura docilement sa femme. Nous nous y plaisons beaucoup. Vous aussi, vous aimerez, assura-t-elle à Amanda en souriant timidement.

— Je n'en doute pas », répondit Amanda, qui appréciait cette femme aux yeux candides.

Herr Grussmann souhaita ensuite savoir ce qui avait poussé Amanda à se rendre à Rocca al Sole. Lorsqu'elle avoua être arrivée là par hasard, à la suite d'une décision subite, il fronça les sourcils, l'air désapprobateur. L'ordre, lui dit-il, l'ordre et une organisation méticuleuse étaient le secret d'une vie réussie. Son fils et lui avaient prévu le moindre détail de leur voyage, jusqu'aux pourboires qu'ils verseraient. Ainsi, ayant paré à tout événement inattendu, ils pouvaient se détendre pleinement, l'esprit en paix.

Après cette légère réprimande, Grussmann reprit son ton cordial.

« Mais après tout, vous êtes une artiste. »

Il la regarda avec curiosité.

« Maintenant que vous êtes ici, espérons que vous y resterez quelque temps.

— Il semblerait même que j'y sois obligée, que je le veuille ou non, répondit Amanda avec un sourire tranquille. Il n'y a apparemment plus moyen de quitter la ville. Vous avez entendu parler de l'éboulement, n'est-ce pas ? »

Il s'avéra que personne n'avait informé les Allemands de l'incident. L'après-midi, ils avaient fait une courte promenade puis s'étaient réfugiés à l'hôtel à cause de la pluie. Cependant, comme ils avaient prévu l'éventualité d'une tempête, ils avaient pris le soin de s'équiper de bottes et d'imperméables, de sorte qu'ils n'avaient subi d'autre désagrément que la boue sur le chemin du retour.

À présent, l'étendue de la catastrophe les affolait. Non que cela compromît leurs projets immédiats, car ils avaient prévu de rester trois semaines à Rocca al Sole et, comme ils le firent savoir à Amanda, il fallait s'en tenir au programme. Elle remarqua que malgré toute l'admiration qu'ils portaient à Dame Nature, les Allemands n'avaient pas l'intention de la laisser perturber leur organisation. Ils avaient beau communier avec la montagne, la forêt et la rivière, les éléments déchaînés déversant des tonnes de boue sur une route ne correspondaient pas à l'idée qu'ils se faisaient des merveilles de ce monde-là.

Comme le fit remarquer Grussmann, cela aurait inévitablement une répercussion sur le ravitaillement de la ville en nourriture. Il allait s'entretenir avec le *signor* Porzio sur la possibilité d'acheter de la viande fraîche pour l'hôtel auprès d'un berger qu'ils avaient croisé avec ses moutons à la sortie de la ville. La viande était essentielle à la constitution, en particulier quand on pratiquait une activité physique. S'il parvenait à se procurer de la viande, il veillerait à ce qu'une portion soit mise de côté pour Amanda.

« Non que la belle artiste qui flâne sera épuisée par l'exercice, ironisa-t-il, mais il est prouvé que l'expression artistique puise dans les ressources physiques. C'est pour cela que les poètes ont souvent le visage blême. Est-ce le mot correct ? Ne dit-on pas plutôt frêle ?

— Les deux sont corrects, lui assura Amanda, mais le sens n'est pas le même. Blême signifie pâle ; frêle a plutôt à voir avec la maigreur.

— Eh bien nous ne vous laisserons pas maigrir, lança Grussmann avec un sourire. Et nous vous emmènerons en promenade pour éviter la pâleur. »

Il semblait très satisfait de son discours. Amanda, elle, commençait à se sentir mal à l'aise.

À ce moment-là, Dante – qui tenait à présent le bar – apporta les cafés et les boissons. Indignée, Amanda se dit qu'il devait assurer à peu près tout le service de l'hôtel.

On fit circuler un grand sucrier. Lorsque Amanda refusa de se servir, elle fut de nouveau réprimandée, et on l'avertit qu'elle allait devenir « frêle ». Ses nouveaux compagnons, eux, mettaient deux cuillères de sucre dans leurs minuscules tasses à café.

« Maintenant, la belle Mrs Lashe va nous parler d'elle, afin que nous fassions plus ample connaissance, annonça son hôte, levant son verre en guise de salut.

— Je crains de n'avoir rien de bien intéressant à vous dire, se défendit Amanda. Je préférerais que vous me racontiez votre précédente visite ici – en espérant que vous ayez eu meilleur temps. Quand êtes-vous venu ?

— C'était il y a longtemps, au printemps. Une belle saison. »

Soudain, il dirigea son regard vers l'entrée du bar et se tut. Il se redressa et souffla – grogna, presque – par le nez. La silhouette de la dame vêtue de soie grise qu'Amanda avait rencontrée dans la cuisine se tenait là, fixant les buveurs avec indignation.

Amanda sursauta. Elle se leva aussitôt, assaillie par un sentiment de culpabilité : elle avait oublié que, avant l'invitation des Allemands, elle avait promis à cette créature imposante de prendre le café avec elle. Mais elle n'eut pas le temps de se ressaisir ; la femme s'adressa à elle avec hauteur :

« Il me semblait que nous avions rendez-vous. L'aviez-vous oublié ? »

Elle parlait en anglais. Son ton acerbe acheva d'inquiéter Amanda.

« Je vous prie de m'excuser, balbutia-t-elle. Comme je ne vous ai pas vue au dîner, j'en ai conclu que... »

Elle rougit en se souvenant du soulagement qu'elle avait éprouvé lorsqu'elle n'avait pas vu apparaître la vieille femme. Elle tenta de sauver les apparences.

« J'ai cru que vous ne viendriez pas, et ces gens m'ont gentiment invitée à prendre le café avec eux.

— Je me présente toujours aux rendez-vous que je fixe, comme vous pourrez vous en rendre compte. Autrement, je vous aurais fait parvenir un message pour m'excuser, comme l'exige la politesse », affirma l'imposante Italienne.

Elle ignorait les Allemands, fixant Amanda de son regard accusateur. Embarrassée, celle-ci prit conscience de la force qui se dégageait de cette femme. Elle ne put réprimer un mouvement de recul. Cependant, elle avait fait preuve de négligence : pour cela, elle ne pouvait pas invoquer le fait d'être étrangère, ni celui que cette femme lui faisait peur. Il lui fallait se faire pardonner.

L'idée de proposer à la nouvelle arrivante de se joindre à eux lui traversa l'esprit, mais la solution n'était de toute évidence pas envisageable en raison de l'animosité qu'elle sentait de part et d'autre. Les Allemands regardaient droit devant eux, tandis que leurs femmes fixaient le sol. Aucun d'entre eux ne s'était levé lorsque la femme avait fait son apparition. Cette impolitesse gênait encore plus Amanda. Elle se tourna vers son hôte.

« Je suis vraiment désolée. J'espère que vous me pardonnerez, mais la *signora* a raison : nous avions effectivement un rendez-vous, et je suis entièrement responsable de ne pas l'avoir honoré. Si vous voulez bien m'excuser, je me ferai un plaisir de vous inviter ainsi que vos amis à boire le café demain soir.

— C'est parfaitement incorrect », commença Grussmann, impitoyable.

Mais la dame l'interrompit, s'adressant à Amanda.

« Il serait imprudent de votre part d'honorer un tel rendez-vous.

— Pardonnez-moi, mais je crains d'être la seule à pouvoir en juger », répondit Amanda, confuse d'avoir impliqué les Allemands si accueillants dans une dispute publique.

Soudain, Herr Grussmann intervint, s'adressant pour la première fois à la dame en gris.

« Mrs Lashe prend le café avec nous. Essayez-vous de l'en empêcher ? »

Amanda fut parcourue de frissons. Rien ne l'angoissait plus que les altercations, les voix grinçantes qui cherchaient à prendre l'avantage. Bon Dieu, ce qu'elle détestait se retrouver au centre d'un conflit. Pire, cette fois-ci, elle en était la cause, et les deux parties se raccrochaient à elle. La grosse femme ignora superbement l'Allemand.

« Puis-je vous inviter, ou bien en décidez-vous autrement ? insista-t-elle auprès d'Amanda. Faites votre choix.

— Bien sûr, je viens avec vous. J'ai demandé à mes amis de m'excuser pour ce soir. »

Elle se tourna vers Grussmann et sa femme.

« Cependant, je ne partirai pas sans terminer le café que vous m'avez si aimablement offert. »

Elle vida la petite tasse, tandis que tous la regardaient en silence.

« Si vous voulez bien me pardonner (mais quand donc cesserait-elle de s'excuser ?), je ne boirai pas d'alcool cette fois-ci. C'est un peu trop fort pour moi. »

Le souvenir du brandy qu'elle avait pris avant le dîner lui empourpra les joues.

« Venez, lui intima la femme, en italien cette fois-ci. Trouvons un endroit plus confortable où nous ne serons pas dérangées par cette *canaglia* [1].

— Bonsoir », lança Amanda aux Allemands avec un sourire gêné, tandis qu'on l'entraînait vers la porte.

Elle tendit la main à Lisa, qui se leva timidement avant de la suivre, non sans un regard d'envie en direction de sa bouteille d'orangeade.

« Bonsoir », risqua Frau Grussmann.

Mais son mari, bouillant d'indignation, s'écria :

« Qui est cette femme, pour croire que toute l'Italie lui appartient ? Priver une enfant de sa boisson ! La petite fille n'a pas d'autre obligation, n'est-ce pas ? Elle reste avec nous.

— Veux-tu rester avec ces gens pour finir ton orangeade ? demanda doucement Amanda, contrariée que sa fille soit ainsi impliquée dans cette horrible querelle.

— Oui, s'il te plaît, maman », répondit Lisa avec sa franchise habituelle.

Elle adressa un sourire à Grussmann. Les femmes poussèrent immédiatement de petits cris de joie accompagnés d'exclamations en allemand. Herr Grussmann semblait quelque peu apaisé, mais les autres demeuraient de marbre. Amanda s'éloigna avec la désagréable impression de marcher vers l'échafaud. La femme la traîna vigoureusement en direction du hall, où trois fauteuils couverts de velours rouge étaient disposés autour d'une table basse devant la cheminée allumée. Dante, qui les avait suivies, s'empressa de leur allumer une lampe.

---

1. Canaille. (*N.d.T.*)

« Que puis-je pour vous, honorable *marchesina* ? » demanda-t-il avec une révérence.

Oh, oh, pensa Amanda en s'installant dans son fauteuil. Ainsi, cette femme appartient à la noblesse : voilà qui explique beaucoup de choses.

Elle avait beau savoir que les titres étaient monnaie courante en Italie – à tel point que la moitié de ses amis portaient celui de *conte* ou *marchese* ; elle connaissait même une *principessa* –, le fait d'apprendre que cette femme venait d'une famille noble éclaircissait tout : son autorité, sa hauteur et la manière dont elle avait snobé les Allemands. Une seule énigme demeurait : pourquoi se trouvait-elle dans la cuisine quand Amanda l'y avait rencontrée ?

« Prendrez-vous un second café ? » demanda la *marchesina* d'un ton accusateur.

Amanda s'empressa d'accepter.

« Vous avez eu une journée difficile. Permettez-moi de vous offrir une boisson italienne qui convient particulièrement aux femmes. Connaissez-vous notre *chinato* amer ? s'enquit-elle avec courtoisie. Le goût en est plus agréable que celui du breuvage que votre ami allemand s'apprêtait à vous faire avaler. »

Bon sang, rien ne lui échappe, se dit Amanda tandis qu'elle acceptait le verre qu'on lui offrait. La *marchesina* s'enfonça profondément dans son fauteuil. Amanda remarqua que son visage avait perdu de sa sévérité, bien que son regard demeurât hautain.

« Êtes-vous confortablement installée ici ? » demanda-t-elle.

Amanda répondit d'un air penaud qu'elle et sa fille se seraient mieux portées si elles avaient pu se procurer un radiateur pour la chambre. La vieille femme émit un grognement. Lorsque Dante s'approcha avec les cafés et deux verres d'un vin brunâtre, elle lui posa une question, avant de l'interrompre pendant qu'il balbutiait une explication. Du flot de paroles dont elle abreuva le jeune homme il ressortait qu'elle mettait Salvatore en demeure de fournir immédiatement une *stufa* [1] à la *signora*, et qu'elle insultait copieusement l'hôtelier au passage.

« Quel pingre, ce Porzio, s'exclama la *marchesina*. Cela lui arracherait le cœur de se défaire de quelques sous. Il vous installerait un radiateur minuscule à un prix exorbitant. Mais j'ai remédié à ce problème. Il garde en réserve un radiateur tout neuf, que vous trouverez dans votre chambre en remontant. Si tel n'était pas le cas, envoyez-le chercher immédiatement, et dites-lui qu'il aura affaire à moi. Faites-le-moi savoir, s'il vous joue encore un tour pareil.

— Merci, c'est très aimable à vous. »

Amanda subodorait qu'il vaudrait mieux se méfier des services que lui rendait cette femme. Cependant, elle voyait bien les avantages que pouvait lui procurer cette amitié quelque peu envahissante. Toutes deux saisirent leur tasse à café.

« Je pousserai même l'amabilité jusqu'à vous déconseiller d'établir des relations trop chaleureuses avec les Allemands, l'avertit-elle. Je les ai déjà remis à leur place auparavant, mais ils ne savent pas y rester. Je vous préviens : ne les encouragez pas. »

Comme Amanda esquissait un geste de protestation, elle poursuivit :

---

1. Chauffage. (*N.d.T.*)

« Je vais vous dire une chose : leur présence ici est d'une inconvenance inimaginable. Si vous persistez à vous associer à eux, vous et votre petite fille serez en danger. Je n'en dirai pas plus.

— Je crains de ne pas les trouver très dangereux », insista Amanda.

Pourtant, elle ressentait une certaine inquiétude. Bien qu'elle ait apprécié le répit que lui avaient procuré les Allemands, elle avait encore des doutes à leur sujet. Et puis cette femme qui l'avait si importunément prise sous son aile l'alarmait. Sa personnalité intense, son autoritarisme et l'expression impénétrable de ses yeux ternes mettaient Amanda mal à l'aise, alors même qu'elle commençait à mieux cerner la *marchesa* et que celle-ci s'intéressait au bien-être de sa nouvelle amie.

« Vous jugez sans savoir, affirma la *marchesa*.

— Je garderai votre avertissement à l'esprit », répondit docilement Amanda.

Mais elle persistait à penser qu'elle devait se forger sa propre opinion. Elle n'avait pas l'intention de se laisser influencer par cette femme volontaire. Les gens trop sûrs d'eux-mêmes sont ceux qui commettent les pires erreurs, se rassura-t-elle.

« Voulez-vous goûter le *chinato* ? » demanda la femme en levant son verre.

Lorsque Amanda saisit le sien, elle ajouta :

« À votre santé.

— *A Lei altrettanto* [1] », répondit Amanda selon la formule italienne consacrée.

---

1. À la vôtre aussi. (*N.d.T.*)

Tandis qu'elle buvait, elle vit que son hôtesse la fixait d'un regard inquisiteur. La dame reposa son verre sans détourner les yeux.

« Ainsi, vous devez rester à Rocca al Sole, quoi que vous eussiez préféré faire », lança brusquement la *marchesina* avec une certaine satisfaction.

Son sourire n'exprimait aucune bienveillance. Amanda lui lança un regard surpris.

« J'ai réuni de nombreuses informations à votre sujet. Par exemple, je sais que vous avez un problème avec votre voiture et qu'il vous est impossible de prévenir vos amis. De plus, vous êtes arrivée ici par hasard : dans le cas contraire, vous auriez pris soin de réserver une chambre d'hôtel à l'avance. D'autant plus que vous voyagez avec votre enfant. Votre visage me dit que j'ai raison. Vous ne connaissez personne dans cette ville, n'est-ce pas ?

— Non, je ne pense pas, admit Amanda. L'une de mes connaissances vient parfois ici, mais je ne me souviens plus de qui il s'agit, poursuivit-elle, brodant sur la vague impression qui l'avait effleurée lorsqu'elle avait aperçu le panneau.

— Dans ce cas, nous veillerons à ce que vous ne vous ennuyiez pas », fit la marquise d'un ton plus gracieux.

L'expression de son visage se fit presque amicale. Amanda en vint à se dire que sa propre nervosité l'avait poussée à imaginer le tour menaçant et l'attitude autoritaire de la *marchesina*. Par nature, elle se fiait instinctivement aux gens, mais cette rencontre avait quelque chose d'inhabituel, voire d'inquiétant.

« Puis-je vous proposer une promenade demain matin ? » demanda la marquise.

Cette fois-ci, sa voix n'exprimait pas un ordre, comme elle l'avait fait pour l'inviter à prendre le café.

« Il y a de charmants bosquets de châtaigniers dans ces collines. Je vous y emmènerai. La vue est superbe. Je suis sûre que cela vous plaira.

— Je regrette, c'est impossible », déclina Amanda.

Pourquoi tous les gens qu'elle rencontrait s'obstinaient-ils à vouloir l'emmener en promenade ?

« J'ai promis à ma fille de l'emmener faire un tour demain matin. Je dois me consacrer à elle. Un autre jour, peut-être.

— Vous êtes fort dévouée à votre enfant, fit remarquer la marquise, hochant la tête avec curiosité. Où est votre mari ?

— En Amérique », répondit Amanda, désemparée.

En un sens, elle disait vrai. Cette intrusion dans sa vie privée l'irrita. Elle n'avait aucune envie de discuter de son veuvage avec cette femme indiscrète.

« Je m'excuse encore une fois pour ma maladresse tout à l'heure. Et je vous remercie pour le café et le *chinato*, poursuivit-elle précipitamment. Il est l'heure que Lisa aille se coucher. Je dois aller la mettre au lit et veiller à ce qu'elle s'endorme sans problème dans cet endroit inconnu.

— Redescendrez-vous plus tard ? insista la marquise.

— Pas ce soir, si vous voulez bien m'en excuser, répondit Amanda avec fermeté. Je suis moi-même épuisée après toutes ces mésaventures, la tempête... Je dois me reposer.

— En ce cas, retrouvons-nous ici demain soir pour prendre le café, fit la *marchesina* avec autorité.

— Vous savez bien que je ne peux pas. Vous m'avez entendue inviter les Allemands. Après leur avoir faussé compagnie comme je l'ai fait ce soir, je ne peux pas me permettre une nouvelle grossièreté.

— Je vous en dissuaderai avant demain soir », prophétisa l'imposante femme.

Elle se leva pesamment, suivie d'Amanda. Son visage exprimait une bienveillance exagérée.

« Vous auriez dû m'attendre ce soir, mais je vous passe cette bévue, fit-elle d'un ton faussement réprobateur. Il y a peu de gens à qui j'aurais pardonné un tel affront. »

Elle posa une main possessive sur l'épaule d'Amanda. Sa bouche se tordit, esquissant le même rictus qui avait éclairé son visage plus tôt dans la cuisine. Ses doigts se refermèrent sur le biceps d'Amanda.

« Vous comprenez que je me suis prise d'affection pour vous, n'est-ce pas ? Vous êtes toute seule ici. Nous serons amies. »

6

Au lendemain de la tempête, le sol de la roseraie était jonché de pétales détrempés. Seuls les bourgeons portaient encore quelques traces de couleur. Ceux-ci oublieraient la violence du climat : ils s'ouvriraient au contact du soleil ardent de midi, et bientôt le jardin se parerait à nouveau de leurs teintes et de leurs arômes subtils. Les pétales tombés au sol tels des confettis lors d'un carnaval deviendraient marron, ils se fondraient dans la terre pour nourrir la plante mère en se décomposant. Les averses de la veille avaient purifié l'air.

Parcourant les massifs de roses bordés de petites haies de buis, Eduardo Carleone savourait la brise matinale, soulagé de voir que le déluge de la veille n'avait que peu endommagé son jardin : seuls deux rosiers avaient été déracinés par le vent. Le jardinier qui l'accompagnait redressa aussitôt les plantes, tassant la terre à leur pied avec son talon. Oui, très peu de dommages. Les seuls dégâts que pourraient encore causer la fureur du ciel n'étaient plus de son ressort : il était intervenu la veille plus qu'il ne l'aurait voulu, et souhaitait à présent jouir d'un peu d'intimité. Il donna quelques instructions au jardinier puis se dirigea vers son atelier à l'entrée de la propriété, accompagné de Gianni, son grand caniche beige.

Quoi qu'il se produise en ville, il avait fait son possible pour introduire un minimum de morale dans cette situation honteuse. Il était toujours délicat de prodiguer des conseils à des hommes animés d'une colère aussi vivace. Ces artisans et ces agriculteurs turbulents étaient doués pour leur métier mais ils ne voyaient pas plus loin que le bout de leur nez. Niccolò et Luca serviraient de baromètre : ils trahiraient le moindre changement dans l'atmosphère. Les autres ne semblaient pas dangereux dans l'immédiat, mais ils avaient la rancune tenace. Hormis Talenti, les autorités de la ville se composaient essentiellement d'hommes faibles, qui laisseraient la situation dégénérer plutôt que d'oser y faire face. On ne pouvait rien attendre d'autre de la part d'un gouvernement de petits commerçants.

Carleone haussa les épaules. Il tenait la politique en piètre estime : il lui semblait que l'exercice du pouvoir prenait toujours un tour vénal, autoritaire, ou tout au moins médiocre. Il en découlait un manque de respect pour l'ordre, qui ne peut être le fait que d'esprits libres et ouverts. Les bienfaits de la civilisation reposaient sur le calme et la douceur : des actes guidés par le ressentiment, l'envie ou la rancune ne pouvaient que saper ces fondations. « L'ordre ancien s'en va... », disait Tennyson. Cependant, certaines obligations incombaient encore à ceux qui l'avaient mis en place, car toute autorité n'était pas encore abolie. Il avait accompli un devoir pénible : peut-être porterait-il ses fruits.

Il écarta ces pensées désagréables et siffla son chien. De telles tensions s'évanouissaient bien vite une fois l'événement passé ; bien vite le sentiment discordant était enfoui dans la mémoire, laissant à la bouche un goût amer.

Au loin, des cyprès se découpaient au sommet des collines bleutées, cônes sombres dans ce paysage scintillant. La lumière baignait la terre parsemée de points roses, blancs et rouges au pied des rosiers. Un coq chanta, annonçant le lever du soleil. Un paysan jeta une poignée de maïs sur le sol en terre battue pour nourrir les volailles, tandis qu'un autre changeait la paille de l'étable. Les cuisiniers s'affairaient devant les fourneaux, et le garçon de cuisine récurait les casseroles. Des domestiques traversaient la grande salle en silence, portant le café sur un plateau d'argent. Carleone sourit, buvant littéralement le spectacle qui s'offrait à lui.

Il sculptait depuis un moment, absorbé par les détails du feuillage qui formait l'arrière-plan de son bas-relief en marbre vert, quand l'enfant le fit sursauter. Lorsque la lumière qui pénétrait dans son atelier par la porte ouverte fut soudain éclipsée, il leva la tête pour en découvrir la cause : le grand caniche n'avait pas aboyé.

Perbacco [1] ! Quelle tête merveilleuse ! Des traits aussi purs que ceux d'une statue de Praxitèle : le front haut, un petit menton volontaire, des yeux noirs bordés de cils courbés, un cou fin et de longs cheveux raides. Et ce regard ! Franc, assuré, curieux... En fait, il exprimait l'intérêt d'une jeune princesse venue inspecter l'avancement des travaux qu'elle avait ordonnés. Pourtant, on y lisait une certaine méfiance : tel le faon de marbre, la fillette était prête à disparaître en un éclair si le sculpteur lui avait déplu. Parfaite, se dit-il. Je dois sculpter cette tête. D'où arrive-t-elle donc ?

1. Parbleu ! (*N.d.T.*)

Ses yeux rencontrèrent ceux de l'enfant, amicaux mais dénués de familiarité. Il la laissa scruter son visage. Il se sentit soulagé lorsque, son observation terminée, elle parut l'accepter. Elle détourna son regard vers la sculpture. Il reprit son marteau et son burin, puis se remit au travail, surveillant du coin de l'œil l'ombre dans l'embrasure de la porte pour s'assurer qu'elle ne s'en allait pas. Bientôt, elle prit la parole.

« *Posso entrare ?* » demanda-t-elle d'une voix flûtée.

Il remarqua un léger accent étranger. Anglaise, pensa-t-il, bien que les vêtements auraient aussi bien pu être américains.

« Entre, je t'en prie », répondit-il en anglais.

Elle laissa échapper un soupir.

« Comment avez-vous deviné que je ne suis pas italienne ? J'apprends l'italien, mais mon accent n'est pas encore parfait. C'est ainsi que vous avez découvert d'où je viens ?

— Tu ne m'as pas encore dit d'où tu viens, fit remarquer Carleone.

— Je suis américaine. Je m'appelle Elizabeth Lashe, et j'aime beaucoup ce que vous faites, avec les feuilles et les animaux. C'est drôle, le marbre est si sombre, mais certains endroits brillent en permanence.

— Tu es très observatrice, Elizabeth.

— D'habitude, on m'appelle Lisa, dit-elle brusquement. Elizabeth, c'est seulement pour me présenter. Mais comme je suis encore petite, je trouve ce nom trop sérieux. Appelez-moi plutôt Lisa.

— Très bien, Lisa. Permets-moi de me présenter. Je suis le *marchese* Eduardo Carleone. Comme je suis grand, tu m'appelleras *marchese*.

— C'est un titre, n'est-ce pas ? Nous connaissons un *marchese* à Florence. Il s'appelle Renaldo. Pourquoi faites-vous une sculpture ?

— Parce que c'est ce que j'aime le plus au monde, à part faire pousser des roses. »

Pour la première fois, le petit visage sérieux exprima un éclair d'intimité.

« Moi aussi, ces choses me plairaient beaucoup. Vous êtes un homme très intéressant », dit-elle sans coquetterie aucune.

Il apprécia le compliment, heureux de découvrir que le caractère de la fillette s'accordait à la régularité de son visage. Il avait remarqué que la plupart des enfants souhaitaient uniquement attirer l'attention sur eux-mêmes ; mais cette fillette extraordinaire parvenait à projeter son esprit entièrement sur un objet, une idée ou une personne sans attendre la moindre flatterie en retour. Il lui présenta Gianni. Le chien avait sans doute perçu la fragilité de la fillette, car il demeura silencieux et la laissa lui caresser la tête.

« Est-ce que tu habites à Rocca al Sole, Lisa ? Comment es-tu arrivée ici ? Tu ne te promènes pas toute seule dans la montagne, n'est-ce pas ?

— Je n'étais pas censée franchir les portes de votre jardin. Ma mère fait des esquisses dehors. C'est une artiste, quand elle a le temps. Elle m'a interdit de venir ici parce que c'est une propriété privée, mais c'est plus joli ici que dehors.

— Je suis flatté. Tu as bon goût. Puis-je me permettre de te dire que tu es une jeune fille très intéressante ?

— Vraiment ? Pourtant, je ne suis qu'une enfant. Voudriez-vous bien m'apprendre à sculpter le marbre comme vous le faites ?

— Avec plaisir. Mais il te faudra commencer avec une pierre moins dure, en attendant que tes mains deviennent plus fortes. »

Elle jeta un regard discret à ses petits doigts maigres et hocha la tête.

« Si je reviens demain, aurez-vous une pierre moins dure ?

— J'y veillerai, lui assura-t-il. Pourquoi n'irions-nous pas voir ta mère pour lui demander si elle accepte que tu deviennes mon apprentie ? »

Il posa ses outils.

« Très bien, fit Lisa, quelque peu impatientée. Je pense qu'elle n'y verra pas d'inconvénient. Elle m'encourage toujours à faire des choses intéressantes.

— Et si nous l'invitions à venir admirer les jardins ? Elle pourrait dessiner ici si elle le souhaite. Il m'est venu une idée, un projet pour lequel je dois demander sa permission. Nous en parlerons, nous aussi, car j'aurai également besoin que tu me donnes ton accord, Lisa. M'emmèneras-tu la trouver ?

— D'accord, répondit Lisa. Mais après, pourrai-je revenir ici pour vous regarder sculpter les animaux ? Je serai sage, je ne vous dérangerai pas. »

Ils s'en furent par l'allée bordée de cyprès jusqu'à l'entrée de la propriété. Le portail en fer forgé, ouvert, attendait la procession des charrettes de paysans qui amèneraient bientôt leurs grands paniers de raisin à la presse : c'était la période des vendanges. En sortant de l'atelier, ils furent éblouis. Les feuilles mouillées et les flaques au sol reflétaient la lumière perçante du soleil. L'enfant marchait d'un pas digne aux côtés du marquis. Même face à l'assaut des rayons, le visage de la fillette était magnifique. Il observa son expression et ses mouvements avec satisfaction. Il est rare de rencontrer un spécimen aussi parfait, songea Carleone. La création est généralement un processus imprécis : dans son exubérance, elle néglige certains détails. Cela cause un tel gâchis, tant d'objets ratés : arbres tordus, roses malades, chats efflanqués, chiens galeux, êtres humains difformes dont le visage disgracieux affiche à la face du monde l'échec du divin artisan. Une créature tellement dépourvue de défauts nous surprend : c'est comme si nous entr'apercevions un instant le modèle divin.

Lisa marchait en silence, observant les alentours. Lorsqu'ils franchirent le portail, ils aperçurent, descendant la colline grise couverte de buissons, une jeune femme vêtue de bleu, allant de la même démarche légère que Lisa. Elle avait la figure la plus frappante qu'il eût jamais vue depuis la mort de sa femme. Quand elle s'approcha, l'impression du marquis fut confirmée : la mère de Lisa possédait une beauté et une vitalité comparables à celles de sa fille. Son visage aussi était un rêve de sculpteur : les mêmes traits réguliers, un regard aussi ouvert que celui de Lisa, mais empreint de la profondeur que confère l'expérience. Sans aucun doute, elle avait connu la passion, pensa Eduardo, mais quelque chose de dur dans son expression lui disait qu'elle avait également souffert. Ce qui chez l'enfant n'était encore qu'une promesse s'exprimait dans la grâce de la mère. Son pouls s'accéléra, mais il se ressaisit. Non, il en avait fini avec l'amour, il s'était retiré pour chercher la paix. Il résolut de limiter son intérêt à la fillette. Il se savait prompt à l'enthousiasme ; or il n'avait ni le temps ni le désir de s'abandonner à un tel sentiment.

Le visage d'Amanda s'éclaira. Quand elle s'approcha pour lui serrer la main, se présenter et le remercier de s'être occupé de Lisa, il remarqua que ses yeux noisette étaient pailletés d'or. Il y eut un instant de malaise.

« Ne me remerciez pas, Mrs Lashe. J'ai trouvé la compagnie de votre fille charmante.

— C'est mon ami, maman, et il va m'apprendre la sculpture. Seulement, il dit que je dois te demander la permission. Je peux ?

— Il me semble que tu as posé beaucoup de questions en très peu de temps. C'est impoli, de demander des services aux gens que l'on vient de rencontrer.

— Mais il est d'accord. Il sculpte des animaux. S'il te plaît, maman.

— Si je puis me permettre, Mrs Lashe, mon atelier se trouve dans ce petit pavillon. C'est là que Lisa m'a trouvé. Elle m'a fait l'honneur d'apprécier l'œuvre qui m'occupe en ce moment. Puis-je vous montrer mon travail ? Lisa m'a dit que vous étiez également artiste "quand vous avez le temps".

Quel homme charmant ! Amanda éclata de rire, dissipant la tension latente.

« Bien sûr, j'en serais ravie. Mais Lisa ne vous a pas laissé le temps de vous présenter.

— Je m'appelle Eduardo Carleone.

— C'est un *marchese*, maman, comme Renaldo.

— Il s'agit d'un jeune ami de Florence. Il s'appelle également Carleone. Est-ce que par hasard vous...

— C'est mon fils.

— Oh, mon Dieu !

— Trouvez-vous cela gênant ? demanda le marquis avec une certaine froideur.

— Pardonnez-moi, c'était d'une parfaite grossièreté. Je ne voulais pas... »

Elle rougit, mal à l'aise.

« Cependant, je crains d'être dans une position plutôt délicate. Je connais votre fils depuis près d'un mois. Il est extraordinaire, un garçon brillant. Vous pouvez être fier de lui. Malheureusement, il semble avoir développé pour moi une admiration démesurée.

— Ainsi c'est vous, cette "femme plus âgée" qu'il fréquente ?

— Mon Dieu, c'est donc le bruit qui circule ? Il ne s'agit de rien de la sorte, quoique ma négligence soit sans doute à l'origine de cette rumeur. Nous avons été présentés par un vieil ami de mon mari qui nous a constamment servi de chaperon. Par ailleurs, je vous prie de croire que je n'ai aucun intérêt sentimental pour ce garçon. Il est charmant, j'apprécie son esprit, mais j'ai plus de trente ans...

— Votre mari vous laisse donc voyager seule ? »

Le visage d'Amanda s'assombrit.

« Mon mari est mort d'une crise cardiaque voilà près d'un an, *marchese*.

— Je vous prie de me pardonner. C'était horriblement indélicat de ma part. Je l'ignorais. »

Elle lui sourit avec douceur.

« En effet, vous ne pouviez pas le savoir. Laissez-moi simplement vous expliquer l'embarras où me place notre rencontre. Voyez-vous, Renaldo m'avait invitée à venir avec lui dans la maison familiale ce week-end afin de me présenter à son père. Il m'a alors semblé devoir mettre un terme à notre amitié, à mon grand regret d'ailleurs. Je ne voulais pas le blesser. Les amours de jeunesse peuvent être si ardentes, et c'est un garçon tellement attachant. Lisa l'adore. Mais quant à me présenter à sa famille... je ne pouvais pas le lui permettre. C'est pourquoi Lisa et moi avons fui Florence pour quelques jours, sans projet précis – et voilà que le destin nous amène ici. J'ai aperçu la ville depuis la vallée, rouge de soleil, et j'en suis immédiatement tombée amoureuse. Nous voici donc exactement à l'endroit que nous souhaitions éviter.

— Êtes-vous certaine de n'être pas venue ici intentionnellement, pour sonder le terrain ? »

Il semblait plaisanter, mais son ton était ambigu.

« La situation est absurde. Nous pouvons très facilement y remédier en ne faisant pas plus ample connaissance. Après toutes les rumeurs que vous avez entendues à mon sujet, je ne vous demande pas de me croire. Cependant, j'ignorais où vous viviez. Renaldo ne m'a jamais dit le nom de la ville. Il parlait seulement des jardins, des fresques de Caracci et du buste de sa mère. Est-ce vous qui l'avez sculpté ?

— En effet. Si vous renoncez à me battre froid – ce qui est parfaitement votre droit – je vous le montrerai. Je vous demanderai même si vous voudriez bien m'accorder l'honneur de me laisser sculpter un buste de votre délicieuse fille. J'en ai ressenti le besoin dès que je l'ai vue. Si nous nous pardonnons mutuellement, dit-il avec une lueur dans le regard, j'aiderai Lisa à tailler un bloc d'albâtre, puis ma jeune apprentie me servira de modèle. Acceptez-vous ? Avant de répondre, venez voir de quoi je suis capable. »

Lorsqu'ils pénétrèrent dans l'atelier, il s'excusa.

« Voyez-vous, je savais que vous étiez invitée ici pour le week-end. Vendredi matin, Renaldo m'a dit au téléphone qu'il voulait amener une amie "merveilleuse".

Vendredi soir, il m'a rappelé pour me dire qu'elle ne viendrait pas, et lui non plus.

— Auriez-vous accepté de me rencontrer ?

— Oui, mais avec une certaine appréhension. »

Ce soir-là, tout en arpentant le vaste salon de sa villa, Eduardo Carleone observait le coucher de soleil à travers la fenêtre qui surplombait les massifs de roses. Il était heureux que, après avoir vu ses sculptures, Amanda Lashe se soit empressée d'accepter qu'il réalise un buste de sa merveilleuse petite fille. Elle avait examiné son travail d'un œil expert et sans complaisance : elle ne l'avait pas complimenté par courtoisie mais par conviction. Elle avait été impressionnée. Il l'avait vu sur son visage, et à la manière dont sa voix empreinte d'admiration s'efforçait de trouver les mots justes. Certes, la sculpture méritait son admiration : ce bas-relief constituait l'un des chefs-d'œuvre du marquis. Son travail à elle aussi était excellent. Il avait vu les esquisses qu'elle avait faites sur la colline : elle possédait un style personnel, libre, presque abstrait. La manière dont elle rendait les formes naturelles, son intuition, la grâce et la maîtrise de son trait plaisaient beaucoup à Carleone. Comme lui, elle aimait innover. Elle ne dessinait certainement pas en amateur, comme tant de ces jolies femmes qui se croient artistes. Cela, il ne l'aurait jamais compris au premier regard, sans voir son travail. Maintenant qu'il avait découvert cela, il trouvait sa présence fort stimulante.

Elle avait une allure extraordinaire, une spontanéité de parole et de mouvement. Chacun de ses gestes, telle une brise d'été, promettait une chaleur cachée, si seulement on savait la chercher. Extraordinaire également, à quel point leurs deux esprits étaient proches. Comme lui, elle se réjouissait de détails absurdes, elle appréciait la diversité de la vie, les contrastes et les mélanges insolites. L'une des œuvres qu'elle avait particulièrement appréciée représentait un pélican de marbre, massif malgré sa petite taille, le bec recroquevillé contre le duvet de sa poitrine.

« Cette pièce est tellement absolue, dit-elle, le relief est incroyable. Je ne pourrais rien accomplir de semblable dans mon domaine, où l'on se contente de jouer avec la perspective : ceci ne peut être réalisé que dans la pierre. »

Elle l'avait lancé sur son sujet favori.

« C'est ce que je dis toujours : la pierre est un matériau absolu. On s'en rend vite compte quand on commence à la sculpter. Dès que les formes commencent à émerger du bloc brut, elles semblent appeler la simplicité. Le volume, qui est le propre de la sculpture, est inhérent à la forme. Tous les sculpteurs majeurs ont, à un moment ou à un autre de leur carrière – en général au début –, travaillé la pierre. On pense tout de suite à Michelangelo. De même, Henry Moore a réalisé ses meilleures œuvres dans la pierre – ou dans le bois, qui est très similaire car il s'agit d'un matériau qu'il faut sculpter, et non modeler ou assembler comme c'est le cas avec la glaise. Même ses bronzes ont un aspect pierreux. Moore est un ami : il travaille près de la mer, non loin d'ici. »

Amanda et Eduardo s'étaient souri comme de vieilles connaissances. Le marquis avait soudain éprouvé l'envie de renouveler l'invitation qu'elle avait fuie, en leur proposant, à elle et à Lisa, d'accepter son hospitalité à la villa. Pourtant, il s'en était abstenu. Cela aurait sans doute effarouché Amanda. De plus, il ne voulait pas se ridiculiser en précipitant les choses, comme l'avait fait son fils qui la connaissait pourtant depuis un mois. En revanche, il lui avait proposé de venir déjeuner chez lui le lendemain.

À la fin de l'après-midi, il les avait raccompagnées jusqu'à l'hôtel. Lorsqu'ils se séparèrent en se disant « à demain », il avait de nouveau senti que quelque chose passait entre eux. À présent, le soir venu, il arpentait pensivement le salon en observant la lumière décliner par-delà les vignes, dont l'or ternissait au fond de la vallée. Il s'arrêta un instant pour scruter la nuit. Dans la ville, il distinguait des fenêtres illuminées, pareilles aux lucioles de l'été. Elle se trouvait sans doute derrière l'une d'elles. Dehors, un lézard passa furtivement, une feuille de vigne tomba telle une ombre. Bon Dieu, se dit-il. Que vais-je faire d'elle ?

Précédée de Lisa qui courait devant elle, Amanda franchit le grand portail de pierre de Rocca al Sole. Elle était heureuse de quitter les ruelles tortueuses et malodorantes de la ville haute pour émerger sur le versant ensoleillé de la colline. Elle était excitée à l'idée du déjeuner à la villa. Elle avait hâte de revoir la grande maison et son propriétaire. Elle se sentait également soulagée de quitter la ville pendant quelques heures. La soirée de la veille avait été un véritable supplice : les Allemands avaient accepté de prendre le café avec elle, mais ils s'étaient montrés froids et distants. Ils avaient exprimé une affection exagérée pour Lisa, destinée de toute évidence à accentuer leur grossièreté envers Amanda, qui commençait à regretter d'avoir essayé de se racheter. Elle avait invité la petite dame italienne au visage de souris à se joindre à eux, de sorte qu'elle avait tout de même pu parler à quelqu'un. La *signora* Pieratini était intarissable au sujet de la ville et de ses habitants. Son fils, docteur à Turin, lui offrait tous les ans des vacances à Castelfalcone, de sorte qu'elle connaissait très bien la région. Selon elle, les forêts en amont du village valaient le détour, mais mieux valait s'équiper de bottes et d'un bâton au cas où l'on rencontrerait une vipère. Il y avait de belles pinèdes, et de vastes étendues de châtaigniers où l'on trouvait des champignons à cette période de l'année, si l'on savait faire la différence entre les comestibles et les vénéneux. Cette femme avait le regard joyeux et Amanda l'aimait bien.

Elle l'apprécia d'autant plus lorsque, une demi-heure après le début des réjouissances, la *marchesina* avait fait son apparition à la porte du bar. La *signora* Pieratini avait dit à Amanda :

« La connaissez-vous ? Elle est *formidabile.* »

Amanda avait répondu qu'elle connaissait la *marchesina*, envers laquelle elle était même redevable. Elle se leva malgré tout pour aller saluer la vieille femme, et lui proposa de venir prendre un café.

« Je vous verrai plus tard », répondit-elle froidement, avant de s'en aller d'un pas majestueux.

« Elle ne réside pas ici. Elle vient seulement en visite, ces temps-ci. Elle est issue de l'une des grandes familles de la région, avait expliqué la Signora Pieratini, avant d'ajouter avec une petite moue : Je ne peux pas la supporter. »

Cela avait un peu réconforté Amanda. Autre soulagement, lorsque l'heure fut venue d'aller mettre Lisa au lit, la *marchesina* n'était pas réapparue.

Aujourd'hui, la journée s'annonçait bien meilleure, avec ce vent frais et ce grand soleil. Le matin, Amanda était partie dessiner dans le quartier des tailleurs de pierre, bien habillée pour le déjeuner. À présent, elle se réjouissait plus qu'elle n'aurait voulu l'admettre à l'idée de revoir le *marchese* Carleone. Elle trouvait le père du jeune Renaldo à la fois impressionnant et chaleureux, réellement sympathique. Son visage exprimait parfaitement l'esprit de la noblesse : sûr de sa place dans l'Italie d'hier et d'aujourd'hui. C'était une chose impensable aux États-Unis, où tout le monde est, d'une manière ou d'une autre, un arriviste. Étrangement, elle avait ressenti une profonde familiarité avec lui au cours de leur discussion. La veille, elle avait craint un instant qu'il puisse la juger audacieuse de lui avoir fait part de son sentiment. Maintenant, elle savait qu'il n'en était rien. Son regard l'avait assurée qu'il était lui aussi ravi de la familiarité naissante entre eux.

C'était un artiste accompli. Il avait immédiatement saisi la beauté inhabituelle de Lisa. Amanda était ravie qu'il souhaite sculpter un buste de sa fille : ainsi, la pureté enfantine de son visage serait immortalisée par la main délicate du *marchese*, avant qu'elle ne perde cette fraîcheur au profit d'un charme plus mature. Cette proposition signifiait également qu'Eduardo souhaitait faire plus ample connaissance – ou plutôt, approfondir leur amitié, se reprit Amanda. C'était incroyable, pensa-t-elle avec un sourire, d'avoir rencontré dans ce lieu reculé un homme avec une telle vision des choses, une vision si proche de la sienne. En fait, le marquis était la première personne avec qui elle osait se montrer si directe, avec qui elle se sentait si libre.

Avec Charles en revanche – la comparaison s'était imposée à elle –, elle n'avait jamais partagé tous les détails de sa vie privée, peut-être pour protéger ses propres idées. Charles avait toujours exprimé une certaine assurance, une suffisance qu'elle avait reconnue mais qu'un instinct – la loyauté, croyait-elle – l'avait poussée à ignorer. Pour son mari, le monde était régi par des règles strictes, qu'elle n'était pas invitée à discuter. Par ses affirmations péremptoires, il inscrivait chaque problème dans un cadre clairement défini. Elle, au contraire, avait toujours pensé qu'il était impossible de déterminer les éléments complexes qui composaient une réalité donnée. Une telle fantaisie aurait irrité Charles.

Il aimait la voir joyeuse, mais se montrait souvent impatient avec elle. Cependant, il existait une différence de taille entre la gaieté qu'elle partageait avec Charles et les rires intimes qu'elle avait partagés la veille avec le marquis. Elle avait d'ailleurs immédiatement ressenti qu'il s'agissait d'une expérience nouvelle, née de leurs affinités naturelles. Plus tard, elle avait compris que la véritable joie ne peut découler que d'une source universelle, extérieure à soi-même et à son propre horizon. Ce qui amusait Charles avait toujours eu quelque chose d'artificiel ou d'exagéré.

Elle avait depuis longtemps pris l'habitude de ne pas critiquer Charles.

Dans les premières années de leur idylle, après son retour de Florence, elle avait apprécié de se trouver avec un Américain si fort et si fiable. Il contrastait avec l'empressement des soupirants italiens à qui elle avait eu affaire : cela l'avait immédiatement séduite. Plus tard, elle avait choisi d'ignorer ses défauts et de fermer les yeux sur ses écarts plus que fréquents, préférant admirer son esprit. Lorsqu'elle ressentait un manque, elle puisait dans ses propres ressources afin de se distraire. Elle refusait de considérer son mariage comme bancal, car elle avait décidé d'épouser Charles. De plus, elle méprisait les femmes qui attaquaient sans cesse les défauts de leurs maris avec qui elles restaient malgré tout, qui acceptaient les avantages de la vie conjugale pour mieux se plaindre de ses inconvénients inévitables.

À présent, elle parvenait à juger Charles avec un certain recul, voyait ses faiblesses sans pour autant les lui reprocher. Elle se rendait également compte qu'elle avait peut-être eu tort de ne pas s'avouer plus tôt les choses qui la dérangeaient chez lui. De même, elle reconnaissait maintenant que lui aussi avait parfois dû être insatisfait d'elle. Elle repensa à leur maison aux États-Unis : le bosquet de bouleaux dans le coin de leur jardin, le salon, avec sa cheminée de briques blanches où de grandes flammes dansaient derrière le pare-feu en fer noir, les verres à cocktail et le shaker posés sur le plateau en cuivre indien qu'elle astiquait à l'éponge – comme c'était étrange de se souvenir de cela ! À l'automne, ils auraient dû changer le paillis au pied des azalées. Quelqu'un d'autre le ferait. Elle revoyait également le visage de Charles dans diverses situations : moqueur, fanfaron, approbateur. Elle l'entendait dire, de son ton désinvolte qui faisait tant rire les gens : « Bien entendu, il n'y a personne dont j'aie une aussi haute opinion que moi-même. »

Curieusement, cette mosaïque d'images lui faisait apparaître Charles, le père de son enfant, comme un être distinct, qui ne faisait plus partie intégrante de son être. Elle se voyait elle-même comme une autre personne, différente de l'épouse fidèle qu'elle avait été : elle commençait seulement à se libérer de l'influence de Charles, qu'elle avait suivi aveuglément.

Amanda se dit qu'elle pouvait être reconnaissante envers son ami pour ces réflexions : sa dignité, sa sensibilité avaient fourni à Amanda un point de comparaison avec

Charles. Dans cette nouvelle perspective, celui-ci lui apparaissait non pas mauvais, mais peut-être épais, lourd et borné. De plus, l'océan et la Méditerranée achevaient de la séparer de son ancien foyer. La beauté, la profondeur de la vie en Italie l'avaient absorbée. Elle se sentait légère comme jamais elle ne l'avait été au cours de l'année écoulée.

Lorsque Amanda et Lisa émergèrent d'entre les cyprès qui bordaient l'allée, elles aperçurent la villa imposante qui surplombait les pelouses taillées au cordeau, les massifs de fleurs et les magnolias. À l'arrière de la maison, une ancienne tour carrée s'élevait au milieu de cyprès, sans doute âgés de centaines d'années, tant ils étaient hauts et leurs branches inextricablement enchevêtrées.

Un crissement semblable au bruit d'une scie raclant le métal les fit sursauter quand elles parvinrent à la terrasse centrale. À l'autre bout de la dalle de marbre, une forme d'un blanc éclatant s'étira, puis se mit à courir dans leur direction, d'une démarche si ondulante qu'elle semblait presque ramper. Il s'agissait d'un grand oiseau blanc, dont les plumes traînaient par terre dans sa course. Il s'arrêta soudain, déplia sa queue en une roue étincelante, et commença à se pavaner au milieu de la terrasse : un énorme paon blanc toisait les visiteuses de son regard mauvais. Il lâcha un nouveau cri menaçant qui leur perça les tympans. Terrifiée, Lisa se précipita dans les bras de sa mère. Amanda avait peur, elle aussi, ignorant quel danger pouvait représenter l'animal. Elle protégea Lisa et tenta de chasser l'oiseau avec son sac à main.

La porte principale de la villa s'ouvrit. Un domestique se précipita à l'extérieur, poussant des cris et agitant les bras pour faire fuir le paon. Celui-ci lui donna un coup de bec avant de battre en retraite, les plumes traînant au sol. Derrière le serviteur arriva Carleone. Il s'empressa de s'enquérir si elles avaient été blessées, caressa les cheveux de Lisa pour la rassurer. Puis, il saisit la main d'Amanda pour l'embrasser. Il semblait en colère.

« Sale bête ! J'ignorais qu'on l'avait laissée sortir. Quelle négligence ! Me pardonnerez-vous ? Cet oiseau de malheur n'est pas le mien. Il appartient à ma sœur. »

Tandis que le marquis parlait, s'excusant et rassurant les deux visiteuses, une silhouette familière, vêtue de soie grise, fit son apparition dans l'embrasure de la porte. Après une seconde de saisissement, Amanda comprit tout : bien entendu, la *marchesina* faisait partie de cette famille. Elle n'était pas la mère de Renaldo – comme elle l'avait d'abord cru avec quelque étonnement –, mais sa tante, dont les visites étaient si éprouvantes pour le père du garçon.

Carleone suivit le regard alarmé d'Amanda. Il la prit par le bras et l'entraîna vers la maison.

« Ma sœur m'a dit que vous aviez déjà fait connaissance. »

7

Ce matin-là, en voyant sa sœur arpenter la maison, Eduardo Carleone avait compris qu'elle était à nouveau de mauvaise humeur. Elvira était descendue à l'hôtel la veille au soir – sans doute poussée par son goût déplorable pour les ragots – et quelque chose avait dû déclencher sa fureur. Après le petit déjeuner, elle s'était mise à inspecter chaque meuble de la maison, accusant les serviteurs de négligence, réassortissant les bouquets que son frère avait fait composer avec les fleurs de la serre, pour finalement se disputer avec le cuisinier. Elle avait des idées bien arrêtées sur ce qui devait être servi à table ; or, ce jour-là, Eduardo avait commandé un repas trop élaboré à son goût.

Le *marchese* avait été obligé d'intervenir. Le menu resterait inchangé, et Elvira ne devrait plus mettre les pieds à la cuisine. Il lui fit clairement comprendre qu'il en avait assez de ses manières. Puis, s'adoucissant, il lui demanda de respecter sa tranquillité.

« Qui nous rend visite ? demanda-t-elle avec défiance. Qui as-tu invité sans m'en informer ? »

Son frère lui adressa un regard de pitié.

« Mrs Lashe, une Américaine qui loge à l'hôtel avec sa fille, Elizabeth. Tu les as sans doute déjà vues, tu passes ton temps là-bas.

— Je l'ai rencontrée, en effet. Mrs Lashe n'est pas très courtoise. Comment la connais-tu ? Es-tu descendu à l'hôtel comme je te l'avais conseillé ? Pourtant, ce n'était pas cette femme que tu aurais dû avoir à l'œil. »

Eduardo répondit tranquillement qu'en effet il s'était rendu à l'hôtel. Il n'ajouta rien. Sa réserve acheva d'agacer la malheureuse femme.

« Pourquoi ne me dis-tu rien ? s'écria-t-elle, indignée. Tu suis mes conseils, et ensuite tu me caches tout. Tu ne me dis pas ce que tu penses. As-tu vu l'Allemand ? »

Le marquis demeura calme, mais son visage s'assombrit.

« Oui, je l'ai vu. »

Il ne poursuivit pas.

« Ah, tu l'as vu, se lamenta Elvira. C'est tout ce que tu as à dire ? »

Eduardo l'observa patiemment. Comme il gardait le silence, elle essaya autre chose.

« Ne comprends-tu pas que je souffre de ne pas connaître tes pensées ni tes intentions ? Hier soir, à l'hôtel, il m'est arrivé une chose déplaisante, et je n'ai pas su quoi dire. De quoi ai-je eu l'air ? Comprends-moi bien : puisqu'ils ne peuvent t'approcher, ils se tournent vers moi. Cela m'embarrasse qu'ils voient que je n'en sais pas plus qu'eux.

— Que veux-tu dire ? l'interrogea-t-il. Que se passe-t-il ? Qui est venu te voir ? »

Elle tenta d'éluder la question.

« Je n'ai même pas pu entrer dans le bar. Ta chère Mrs Lashe était en plein rendez-vous mondain avec les

Allemands. Qu'est-ce que tu dis de cela ? » lança-t-elle avec amertume.

Surpris, le marquis refusa cependant de la laisser dévier la conversation.

« Qui as-tu vu ? »

Elvira soupira.

« J'ai vu l'hôtelier, le bon à rien des frères Porzio. Autant te dire qu'il voulait des informations. Il était aussi mielleux que d'habitude, mais bien plus pressant. À mon avis, son maire de frère a dû l'envoyer en reconnaissance. Jamais il ne serait venu vers moi de sa propre initiative.

— Que voulait-il ? insista Carleone, que les tergiversations de sa sœur rendaient impatient.

— Tu aurais dû voir comme il rampait, ce sournois.

— Que voulait-il de toi ? »

Elvira lança un regard énigmatique à son frère.

« De moi ? D'après ses insinuations, ça n'était pas de moi qu'il attendait quelque chose. J'ai fini par lui demander ce que voulait son frère. Il a fini par m'avouer que le maire cherche "le soutien des citoyens les plus influents". En clair, il a besoin de ton aide. Mais tu ne la lui as pas proposée, et il a le culot de la demander ainsi ! Il voulait savoir ce que le *marchese* lui conseillait de faire, mais moi-même je l'ignorais, gémit-elle.

— Si je t'avais fait part de mon opinion sur la question, lui aurais-tu répondu pour autant ? »

Elle eut un rire entendu.

« Tu sais ce que je lui ai dit ? "Si ton frère le maire veut attirer l'attention de mon frère le marquis, il doit lui envoyer quelqu'un qu'Eduardo respecte. Mais où trouverait-il une telle personne ?" Voilà ce que je lui ai dit. Et ce gros benêt n'a rien trouvé à répondre.

— Quel besoin avais-tu de te montrer si désagréable avec lui ? demanda Carleone d'un ton las. Cet après-midi, tu devras te comporter avec courtoisie envers Mrs Lashe, compris ? continua-t-il avec autorité.

— As-tu des vues sur Mrs Lashe ? Elle a un mari en Amérique. Est-ce qu'elle te l'a dit ?

— Elle est veuve. Son mari est mort il y a moins d'un an.

— Il est mort ? Tu en es sûr ? Dans ce cas, elle m'a menti ! »

Elle lança un regard affligé à son frère.

« Que lui veux-tu, à cette veuve ?

— Ma chère Elvira, je viens à peine de la rencontrer.

— Vraiment ? Tu viens de la rencontrer, et tu dresses un banquet en son honneur ? »

Elle lui tourna le dos et se tordit les mains dans un mouvement de désespoir. Puis elle quitta soudainement la pièce. Carleone la regarda s'éloigner, inquiet. Il craignait avant tout qu'Amanda ne trouve l'ambiance de la maison fort déplaisante lorsqu'elle arriverait. Il s'en faisait également au sujet de sa sœur : ses sautes d'humeur semblaient toujours plus éprouvantes pour elle que pour lui. Il endurait ces éclats avec autant de patience que possible, car il savait que la nature tourmentée d'Elvira était avant tout un problème pour elle.

Elle avait cinq ans de plus que lui, et n'était en réalité que sa demi-sœur. Sa mère, une jeune fille lunatique, avait été la première femme du vieux *marchese.* Celle-ci était devenue à moitié folle pendant sa grossesse, comme si elle refusait tout simplement sa condition, et n'avait pas survécu à la naissance de son enfant. La mère d'Eduardo, que le *marchese* avait épousée quatre ans plus tard dans l'espoir d'engendrer un fils, était une femme resplendissante et chaleureuse. Eduardo, qui adorait sa mère, s'était très vite aperçu que sa demi-sœur représentait un poids pour elle : en effet, Elvira, enfant vigoureuse et obstinée, semblait avoir hérité du mauvais caractère de sa mère. La petite fille avait de terribles accès de jalousie. Désirant attirer l'attention de son père, elle se montrait désagréable avec lui, et gardait rancune à sa belle-mère. Leur patience à tous les deux ne faisait que l'irriter davantage. Seule la naissance de son petit frère lui avait permis de se libérer un peu des passions contradictoires qui l'étouffaient. Lorsque Eduardo atteignit l'âge de quatre ans, Elvira avait déjà développé pour lui un amour extrêmement possessif, comme si elle avait résolu de l'éloigner de ses parents pour se l'approprier.

D'une nature indépendante mais bienveillante, Eduardo avait progressivement accepté ces attentions persistantes. Cependant, comme il devinait les tourments qui lui valaient un tel empressement de la part de sa sœur, il avait maintenu une certaine distance entre eux deux. Plus tard, lorsqu'il s'était aperçu qu'Elvira cherchait à limiter ses contacts avec le monde, il lui avait résisté avec fermeté, s'appliquant toutefois à la traiter avec gentillesse. En effet, il lui était reconnaissant de l'aide qu'elle lui apportait avec obstination, même s'il voyait bien que c'était la solitude qui la poussait à s'approprier sa vie. Elle avait un caractère difficile, mais elle méritait la compassion. Elvira s'attachait parfois à une femme que lui n'appréciait pas, mais son caractère dominateur finissait toujours par rebuter les gens. Elle avait résolu de ne pas se marier – et sur ce point, pensait Eduardo avec amertume, elle avait pris une sage décision – il la voyait mal prodiguer la tendresse et l'attention qu'un mari attend de sa femme.

Il s'était habitué à la nature autoritaire de sa sœur, qu'il percevait comme une épreuve. Il lui demeurait malgré tout attaché. Il lui avait accordé une place plus grande dans sa vie après son mariage, puis plus grande encore après la mort de sa jeune femme.

Face à Stella, Elvira avait toujours maintenu une attitude hautaine. Cependant, Eduardo ne s'en inquiétait pas, car sa charmante épouse, d'une nature aimable, comprenait la situation bien mieux que ne le croyait Elvira. Ainsi, si l'attitude de sa belle-sœur l'attristait, elle ne s'en offusquait pas, et vivait sans toutefois chercher à se montrer plus conciliante que de raison. Après la mort tragique de Stella, Elvira s'était consacrée à sa nièce et à son neveu. Cela avait touché le marquis, qui voyait là un signe d'adoucissement de sa part. Mais un jour, il l'avait vue s'emporter contre le petit Renaldo, à qui elle avait tordu le bras. Les pleurs de l'enfant avaient déclenché la furie de son père : il avait immédiatement chassé Elvira de la villa.

Elle s'en était allée à Florence, où elle s'était installée dans une petite maison. Au bout de quelques années, elle avait investi son héritage dans l'affaire d'un styliste renommé, en partie pour occuper son temps, mais également pour assouvir son désir de contrôle. Comme le styliste ne s'était pas laissé imposer ses idées, l'intérêt d'Elvira pour l'entreprise s'était modifié au fil du temps. Au cours des dernières années, l'ennui la ramenait parfois à Rocca al Sole. En effet, à présent que ses enfants avaient grandi, Eduardo regrettait sa sévérité, et ils s'étaient réconciliés. Mais à quel prix, se disait-il maintenant en la voyant arpenter la maison après la crise du matin. Il soupira, préférant tourner ses pensées vers la perspective bien plus agréable de la visite d'Amanda pour le déjeuner.

La *marchesina* franchit la porte avec lenteur, tendit la main et serra celle d'Amanda si fort que celle-ci en fut surprise.

« Mon frère vous souhaite la bienvenue », dit-elle de mauvaise grâce.

Amanda s'efforça de se montrer cordiale.

« C'est la première fois que je vous vois dans la journée. Comment allez-vous ?

— Je ne suis pas très différente le jour, répondit la *marchesina*, laconique.

— Voici ma fille Elizabeth, fit Amanda, attirant l'enfant à elle. Je crois que vous n'avez pas été présentées. Serre la main à la dame, Lisa. »

Apeurée, la fillette demeurait auprès de sa mère. Elle avait les larmes aux yeux.

« Qu'y a-t-il ? Pourquoi pleure-t-elle ?

— Le paon lui a fait peur, expliqua Amanda.

— Il n'aime pas les intrus, c'est tout. »

Amanda pâlit.

« Cela suffit, intervint Carleone. Inutile d'être déplaisante, Elvira. »

Il saisit la main d'Amanda pour la baiser.

« Je vous prie d'excuser ma sœur, dit-il. Il n'est pas dans les habitudes de la maison de recevoir des invités de manière si peu courtoise. Je suis terriblement désolé. J'aurais souhaité que ce déjeuner soit un événement mémorable. »

Il caressa la tête de Lisa.

« Chère enfant, poursuivit-il d'un ton apaisant, le méchant oiseau a été enfermé. Maintenant, toi et ta mère pouvez venir déjeuner avec moi. Es-tu d'accord ? Plus tard, nous irons dans mon atelier où je t'apprendrai à tailler l'albâtre. C'est une pierre magnifique, tendre, blanche comme le lait. On voit la lumière à travers. »

Lisa reprit bien vite confiance.

« Vraiment ? Vous vous êtes souvenu de votre promesse ! » lança-t-elle, ravie.

Ils prirent l'apéritif dans le grand salon de l'aile gauche, dont les fenêtres donnaient sur les vignes dorées, derrière lesquelles on distinguait les murs de la ville et au loin la vallée scintillante. Ensuite, Carleone entraîna ses invitées à travers plusieurs boudoirs décorés d'anciennes tapisseries, puis un grand vestibule orné de fresques du XIVe siècle attribuées à Lippo Memmi – bien qu'elles puissent aussi bien être l'œuvre d'un de ses élèves, les informa Carleone. Contre le mur, sur un piédestal de marbre blanc, se tenait le buste d'une jeune femme. Le visage, d'une incroyable pureté, exprimait une grande franchise. Amanda se dirigea spontanément vers la statue pour l'admirer. Carleone la suivit, de sorte qu'ils restèrent un instant seuls.

« C'est vous qui l'avez fait ? C'est le buste de votre femme, n'est-ce pas ? Renaldo m'en a parlé. Elle est magnifique !

— Elle s'appelait Stella. Une étoile.

— Elle est très belle. Ce buste est très réussi. Quelle tragédie, qu'elle soit morte si jeune !

— Oui », répondit-il sèchement.

Un instant plus tard, il reprit :

« Mais vous aussi avez perdu quelqu'un récemment. »

Il lui effleura le bras, puis la troupe se remit en marche.

Dans les pièces suivantes Amanda découvrit coffres et armoires sculptés, fauteuils et canapés dorés, drapés de brocarts pourpres, cheminées de pierre assez vastes pour qu'un homme puisse s'y tenir debout, tables de porphyre et de marbre, ainsi qu'une infinité de peintures datant de diverses époques. Leur guide donnait des explications à mesure qu'ils avançaient.

« Voici un coffret à bijoux du XVe siècle, et, là, le portrait d'un de mes ancêtres par Bronzino. »

Il montra à Amanda la fresque de Caracci, légèrement endommagée à certains endroits, comme l'avait annoncé Renaldo. Dans les portraits, elle reconnaissait certains traits du visage de Carleone.

Bien qu'elles aient accusé le passage du temps, toutes ces merveilles la bouleversaient, d'autant que son hôte s'efforçait de lui en faire apprécier et comprendre chaque détail. La maison était magnifique. L'endroit réveillait son sens romantique. Elle s'y serait sentie parfaitement heureuse si l'ombre d'Elvira n'avait pas plané sur la visite. Celle-ci semblait s'être résignée à les suivre : elle marchait sur les pas d'Amanda, la bousculant parfois ou lançant des commentaires déplacés pour gâcher le plaisir de tous. Après qu'ils eurent traversé le dernier salon, puis un long couloir de marbre, elle attrapa Amanda par le bras.

« Quel intérêt Mrs Lashe trouve-t-elle à cette vieille bicoque ? demanda-t-elle.

— Je la trouve très belle, répondit Amanda.

— Seuls ceux qui ont une raison de s'intéresser à son histoire peuvent réellement apprécier sa beauté, poursuivit Elvira.

— Mrs Lashe aura le temps de s'y intéresser, intervint le marquis, souriant. Je vous donnerai un bref aperçu de l'histoire de ces lieux pendant le déjeuner. Seulement, je crains de vous ennuyer en m'étendant trop sur le sujet. Je me laisse parfois emporter par mon enthousiasme.

— Oh, ne craignez rien, lança Amanda avec un regard complice.

— Ton enthousiasme te fait dire des sottises, cracha Elvira à l'intention de son frère. Tu perds ton temps.

— Eh bien, c'est un plaisir de partager mes sottises avec un public aussi charmant », répliqua-t-il.

Elvira se renfrogna.

La salle à manger, éclairée par la lumière chaleureuse qui filtrait à travers les vitraux et celle des bougies qui dansait sur les poutres du plafond, était élégante. Sur la table couverte d'une nappe en dentelle trônait un vase rempli de fleurs et de fougères autour duquel étaient disposées assiettes en porcelaine et argenterie. Carleone installa Amanda à sa droite et Lisa à sa gauche, tandis que sa sœur prenait place au bas-bout. Amanda apprécia le service formel et les plats plus délicieux les uns que les autres : du faisan, puis un dessert élaboré, composé de crème fouettée, de noisettes et de liqueur, portant le nom de *montebianco*.

La *marchesina*, mélancolique, parlait peu. Son mutisme obstiné n'empêchait pas son frère de se montrer volubile, tandis que les domestiques en livrée s'affairaient autour de la table, portant carafes de vin, verres en cristal et plateaux d'argent.

Eduardo Carleone raconta des anecdotes sur l'histoire de la maison et de la ville. Rocca al Sole avait été fondée par les Étrusques ; au XIIIe siècle, le village était devenu un fief gibelin. Ses habitants avaient été excommuniés à la suite de la victoire des guelfes[1], ce qui ne les avait pas empêchés de continuer à défier l'autorité du pape. Amanda voulut connaître l'histoire de la femme tombée de la tour, dont elle avait vu le portrait gravé au-dessus de la porte de l'hôtel. Le marquis lui apprit qu'il s'agissait presque de la même cruelle histoire que raconte Dante dans le *Purgatoire*, celle de Pia dei Tolomei, issue d'une grande famille de Sienne et dont le mari, intéressé par sa dot mais amoureux d'une autre femme, l'avait précipitée du haut d'une tour de la Maremme, racontant ensuite qu'elle s'était suicidée. Elle était arrivée d'Arezzo vers 1310 pour épouser l'héritier d'un comte dont le palais était maintenant transformé en hôtel.

« À l'époque, tous les *palazzi* possédaient une tour, soit par ostentation, soit pour se défendre de ses voisins. C'était à qui construirait la plus haute. Comme vous l'avez peut-être remarqué, cette villa possède toujours la sienne, bien que toutes les autres aient été détruites par les autorités pour mettre fin aux querelles entre maisons rivales. Ça n'a pas empêché les haines et les jalousies de perdurer, mais au moins on ne pouvait plus lâcher un bloc de pierre sur la tête de son voisin lorsqu'il sortait de chez lui.

« Comme vous pouvez l'imaginer, la paix civile a été difficile à conquérir. Au fil des siècles, les pierres de la ville ont absorbé bien du sang. Bien sûr, au début du Moyen Âge, la plupart des nobles qui possédaient des

1. À la fin du Moyen Âge, l'Italie fut déchirée par la lutte entre les guelfes, partisans de l'autorité papale, et les gibelins, qui soutenaient l'empereur germanique. (*N.d.T.*)

châteaux dans les collines ne valaient pas mieux que des bandits de grand chemin. Lorsqu'il leur fallut s'installer en ville, ils mirent un certain temps à apprendre les bonnes manières. Au XIIe siècle, l'un de ces brigands invita cinq de ses rivaux à se réconcilier autour d'un banquet. Lorsqu'il leva son verre pour porter un toast à ses invités, ses soldats firent irruption dans la pièce et les massacrèrent jusqu'au dernier. Trahir un invité était une faute impardonnable : plus tard, les fils des victimes tendirent une embuscade au châtelain, et lui réservèrent un sort peu enviable. »

Le *marchese* marqua une pause. Puis, scrutant l'expression d'Amanda :

« Mais ces histoires sont peut-être trop affreuses pour vous.

— Oh, non, répondit-elle. Elles me surprennent, mais je ne doute pas de leur véracité. Il me semble que le monde n'a pas changé au point de pouvoir considérer qu'une telle barbarie appartient au passé.

— Ce siècle vous donne malheureusement raison, acquiesça-t-il. Mais permettez-moi de poursuivre l'histoire de la pauvre Nella de Rocca al Sole. Elle était beaucoup plus jeune que le comte. Le bruit courait que jamais cet homme ne rêvait. Si tel était le cas, peut-être aurait-il eu une prémonition de ce qui l'attendait dans son sommeil. Son épouse lui avait apporté une dot considérable. Comme il voulait se l'approprier, il accusa la pauvre femme d'infidélité. Il la fit donc jeter du haut d'une tour devant les villageois rassemblés. La légende veut que, alors qu'elle tombait, une voix angéliquc se fit entendre. Certains entr'aperçurent des ailes. Sa robe gonfla, ralentissant sa chute, de sorte qu'elle vécut assez longtemps pour proclamer son innocence et recevoir les derniers sacrements. Après quoi, son âme s'éleva au ciel sous la forme d'un oiseau. Le mari fut aussitôt reconnu coupable et précipité du haut de la même tour. Que pensez-vous de cette histoire ?

— Elle me plaît beaucoup, dit Lisa, les yeux pétillants.

— Merveilleux, renchérit Amanda. Dommage que les anges ne l'aient pas déposée au sol en douceur.

— On voit bien que vous avez eu la vie facile, intervint Elvira. Pour vous, les histoires doivent toujours avoir une fin heureuse. »

Puis, se tournant vers son frère, elle ajouta :

« Elle s'entend très bien avec les Allemands de l'hôtel. Pourquoi ne lui racontes-tu pas cette histoire-là ?

— Je n'apprécie pas beaucoup les Allemands, se défendit Amanda. Cependant, ils se sont montrés très gentils avec Lisa. Y a-t-il quelque chose que je devrais savoir à leur sujet ?

— L'un des hommes est déjà venu ici il y a longtemps, répondit Carleone à contrecœur. Les gens de la ville gardent un mauvais souvenir de lui. Mais parlons d'autre chose : je ne vous ai que trop importunée avec des horreurs. »

On apporta le café dans le grand salon de l'aile gauche. Eduardo pria Amanda de remplir les tasses. Tandis qu'il admirait la grâce de ses mouvements, il se dit qu'il serait fort agréable de la voir accomplir ce geste chaque jour, ici même.

Ils reprirent leur conversation sur les trésors de l'art. Le marquis s'excusa un instant pour aller chercher quelques dessins qu'il souhaitait montrer à Amanda.

Dès que la porte se fut refermée sur son frère, Elvira se dirigea résolument vers le fauteuil d'Amanda. Celle-ci la regarda avec une certaine inquiétude. Elle tenta de soutenir calmement le regard morose fixé sur elle. Cependant, elle ne put s'empêcher de ressentir le même sentiment de répulsion qui l'avait assaillie lors de leur première rencontre à l'hôtel.

« Pourquoi ne m'avez-vous pas attendue hier soir ? demanda Elvira sur un ton de reproche.

— Parce que vous ne me l'aviez pas demandé, protesta Amanda.

— Vous aviez très bien compris que je souhaitais vous voir.

— Il était l'heure de mettre Lisa au lit. Elle n'a que sept ans. Je crains que vous n'ayez pas été assez claire. »

Malgré son air détaché, Amanda tremblait un peu. Elle ajouta doucement :

« Je n'ai pas de raison de me justifier. »

Elvira laissa alors libre cours à ses reproches.

« Ne pouvez-vous donc jamais accepter mes invitations ? Par deux fois vous avez choisi de faire honneur à ce troupeau d'Allemands. Je souhaite devenir votre amie, votre meilleure amie dans ce village, mais vous préférez la compagnie de ces porcs à la mienne.

— Mais vous n'étiez pas au dîner le premier soir. J'ai cru que vous ne viendriez pas, comprenez-vous ? J'ignorais que vous ne logiez pas à l'hôtel.

— Et pourquoi donc vivrais-je à l'hôtel ?

— Comment aurais-je pu le savoir ? C'est là-bas que je vous ai rencontrée la première fois, et je ne vous connaissais pas encore, se défendit Amanda qui commençait à se sentir prise au piège.

— Ainsi, vous me rejetez à cause de notre première rencontre ? répliqua Elvira avec amertume. Combien de fois avez-vous vu mon frère ? Vous ne refusez pas ses invitations, n'est-ce pas ? Vous êtes heureuse de vous rendre chez lui. Est-ce la première fois qu'il vous invite ? Répondez.

— Je ne vois pas en quoi votre frère est concerné, objecta Amanda pour éluder la question.

— Que lui voulez-vous ? Cela vous plaît qu'il vous admire, qu'il vous touche. Avouez !

— C'est absurde, s'écria Amanda, se reculant un peu plus dans son fauteuil. Je n'attends rien de la part de votre frère. Il s'est simplement montré sympathique avec moi.

— Vous espérez peut-être que je vais croire cela ? cracha-t-elle avec mépris. Alors qu'il se rend personnellement à la cuisine où il ne met jamais les pieds pour commander un repas aussi somptueux en votre honneur ? Il est allé jusqu'à se disputer avec moi, sa propre sœur, sous prétexte que tout devait être parfait pour ses "invitées". Il ne m'a même pas laissée donner mon avis. Il me repousse à cause de vous ! Que dois-je penser de cela, moi qui veille sans cesse sur lui, dans cette maison qui est la nôtre ? »

Elle semblait à la fois triste et en colère.

« Je suis vraiment désolée, répondit Amanda. J'ignorais tout de la situation. »

Malgré sa gêne, Amanda éprouvait une certaine satisfaction d'apprendre que Carleone avait fourni tant d'efforts pour lui rendre le déjeuner agréable. Pourquoi donc ne revenait-il pas ?

La *marchesina* se redressa et la fixa longuement. Finalement, ses traits se détendirent.

« C'est vrai, vous ne saviez pas. De plus, vous avez accepté l'hospitalité de mon frère et avez mangé sous son toit. C'est une bonne chose. À présent, c'est à mon tour de vous inviter, plaisanta-t-elle avec maladresse. Prendrez-vous le café avec moi ce soir à l'hôtel ? »

Amanda accepta à contrecœur. Elle promit d'être au rendez-vous, bien qu'elle eût souhaité trouver une bonne raison de refuser.

« C'est-à-dire, ajouta-t-elle, que je vous verrai jusqu'à ce qu'il soit l'heure de mettre Lisa au lit. Ensuite, je monterai avec elle.

— Vous ne redescendrez pas ?

— Je crains que non. Je ne veux pas la laisser seule dans un endroit qui ne lui est pas familier.

— Mais vous viendrez. Nous serons amies, reprit Elvira, soudain enjouée. Vous et moi deviendrons des amies très proches. Pas vous et lui. Vous m'appellerez par mon prénom, et nous nous verrons très souvent, est-ce d'accord ? »

Elle posa une main possessive sur celle d'Amanda, qui fit un effort pour ne pas laisser transparaître sa répugnance et ne répondit pas.

« Moi aussi, je vous appellerai par votre prénom. À présent, vous serez *mia cara* Amanda. »

De sa main libre, Elvira caressa la joue, puis le menton d'Amanda, qui se raidit aussitôt. Elle se dit qu'il était absurde d'avoir peur : pour les Italiens, le contact physique est un signe d'affection courant. Elle résolut de surmonter son dégoût afin de ne pas faire de scandale dans cette maison où elle était invitée. Après tout, cette femme était la sœur de son hôte.

Elvira lui parlait avec émotion.

« Croyez-moi, mon frère n'a que faire des femmes. Son tempérament austère l'empêcherait de leur donner du plaisir. Je vous assure, vous n'avez aucune raison de souhaiter le connaître plus en profondeur. Vous pouvez vous fier à moi. Voyez-vous, je sais que vous m'avez menti, que vous êtes veuve et que vous n'avez pas d'homme pour vous faire l'amour. Dites-moi, m'aimez-vous, Amanda ? Nous devons devenir bonnes amies. Quand la route sera déblayée, je vous emmènerai à Florence, vous et votre fille. Cela vous plairait-il ? »

Amanda ne put se retenir. Elle s'écria :

« Non. Ne me touchez pas. Laissez-moi tranquille ! »

Elvira poussa un formidable grognement de colère, ou peut-être d'angoisse. Sa main quitta le visage d'Amanda pour venir se planter dans son épaule avec une telle violence qu'elle lui arracha un cri de douleur. Aussitôt, Lisa s'élança vers elle, agrippant de ses petites mains la jupe de la *marchesina* pour l'éloigner de sa mère.

« Arrêtez de faire du mal à ma mère ! » hurla-t-elle.

La marquise se ressaisit, lâcha prise. Elle se tourna vers l'enfant avec lenteur. Amanda se leva précipitamment.

« Tout va bien, Lisa », dit-elle.

Puis à Elvira :

« Je vous interdis de la toucher.

— Je n'en avais pas l'intention, répondit-elle sur un ton de défi. J'ai précipité les choses, s'excusa-t-elle. Mais vous êtes bête d'avoir pris peur. Cela ne me plaît pas. Vous apprendrez à m'aimer. Vous manquez d'expérience, mais je ferai en sorte que vous m'appréciez. Souvenez-vous, vous m'avez promis de prendre le café avec moi ce soir. Je crois que vous ne manquerez pas à votre parole, cette fois-ci. »

Elle tapota légèrement le bras d'Amanda avant de quitter la pièce par une porte dérobée, juste au moment où la bonne entrait pour débarrasser le service à café.

Un instant plus tard, Carleone revint avec les dessins. Il trouva Amanda debout près de la table basse, le visage empourpré, Lisa en larmes à ses pieds. Il s'élança et prit les deux mains d'Amanda.

« Que s'est-il passé ? Où est ma sœur ? Qu'a-t-elle encore fait ?

— Elle a fait mal à ma mère, s'écria Lisa.

— Je vais bien, lança Amanda. Vraiment, ça n'était rien. Elle s'est mise en colère et m'a un peu rudoyée. Est-elle vraiment votre sœur ? »

Elle regretta aussitôt d'avoir posé une question aussi impolie, mais le marquis ne sembla pas s'en offenser le moins du monde.

« Elle n'est que ma demi-sœur, répondit-il gravement. Sa mère était une femme étrange. Elvira a toujours été un poids, autant pour moi que pour elle-même. Mais rien ne peut excuser son comportement, ajouta-t-il avec colère. Qu'elle vous fasse du mal ! Je ne peux pas tolérer que vous souffriez sous mon toit. Je n'aurais pas dû vous laisser seules avec elle. Déjà pendant le déjeuner, elle s'est montrée acariâtre. »

Il lâcha l'une des mains d'Amanda, prit celle de Lisa et les mena vers le canapé.

« Venez vous asseoir. Séchons ces larmes : il n'y en a que trop eu aujourd'hui. Apportez une serviette humide pour notre invitée », lança-t-il à la bonne qui s'attardait dans la pièce.

Lorsqu'elle fut sortie, il dit à Amanda :

« Que vous a-t-elle fait ?

— Elle m'a empoigné l'épaule. Elle a beaucoup de force. Elle semblait terriblement jalouse que j'aie accepté votre invitation. Voyez-vous, je l'ai involontairement offensée l'autre jour. »

Elle expliqua le malentendu, reconnaissant ses propres torts. Cependant, la marquise avait perçu les choses sous le jour le plus défavorable. Amanda s'interdit toutefois d'évoquer l'ambiguïté de la conduite d'Elvira à son égard, car elle-même ne parvenait pas à se l'expliquer clairement.

Eduardo l'écouta avec attention. Il avait conscience qu'elle atténuait les fautes d'Elvira : de toute évidence, la scène avait été éprouvante. Il craignait également les répercussions d'un tel événement sur Lisa. Il se sentait coupable : il n'aurait pas dû exposer ses invitées à un tel éclat de sa sœur. Il garda le silence pendant quelques minutes, visiblement préoccupé.

« Je dois prendre des mesures, dit-il finalement. J'espérais vous offrir l'hospitalité à la villa comme si vous étiez venue avec Renaldo, mais cela vous exposerait à de nouveaux désagréments avec ma sœur. Je ne peux la renvoyer chez elle, la route est bloquée. De plus, après son comportement d'aujourd'hui – vous ne m'avez pas tout dit, n'est-ce pas ? –, je dois veiller sur elle. Cependant, il est impensable que nous cessions de nous voir pour autant – si vous ne me tenez pas rigueur de cet incident sordide, bien entendu. »

Il scruta son visage.

« Allons, nous avons été francs l'un envers l'autre jusqu'à présent. Cela vous déplairait-il de me revoir ?

— Bien au contraire, répondit Amanda, soulagée de constater qu'il lui portait tant d'intérêt. J'en serais ravie.

— Dans ce cas, je trouverai une solution », lui assura-t-il.

Il les emmena dans son atelier, où il débuta l'instruction de Lisa. Tandis que, marteau et burin en main, elle s'affairait sur un petit bloc d'albâtre, il dessina son visage concentré. Lorsqu'elle commença à se fatiguer, le marquis donna une balle à Lisa et l'envoya jouer dans le parc avec Gianni. Le chien avait déjà adopté la fillette. Il était très joueur, mais ne la bousculait jamais. Il adorait attraper la balle, puis courir se mettre hors de portée de Lisa, refusant de lui rendre le jouet. Elle s'amusait beaucoup, mais s'énervait facilement.

« Rends-la-moi, *idiota* ! »

Pendant ce temps, Carleone parla avec Amanda de ses voyages, de son amour pour les poètes anglais et pour Thomas More, des qualités et des défauts de diverses villes européennes, de ses années d'études en Angleterre, sans faire la moindre allusion aux événements du déjeuner de l'après-midi.

Alors qu'il les raccompagnait jusqu'à l'hôtel, Lisa courant devant avec Gianni, Eduardo dit soudain à Amanda :

« Il faut que je vous revoie ce soir.

— Mon Dieu, c'est impossible, répondit-elle, soudain inquiète. Voyez-vous, j'ai promis à votre sœur de prendre le café avec elle après le dîner. Nous avions convenu de nous voir avant qu'elle se montre si étrange, mais elle m'a rappelé notre engagement lorsqu'elle a quitté la pièce. Je dois vous avouer que je redoute un peu ce rendez-vous, toutefois les choses ne feraient qu'empirer si je m'y dérobais. Qu'en pensez-vous ? »

Eduardo réfléchit un instant.

« Si vous pensez pouvoir supporter de la voir un moment, cela vaudra sans doute mieux. Mais ne vous forcez pas. Restez dans le bar : elle ne s'emportera pas en public. À neuf heures et demie, emmenez Lisa se coucher. Si Elvira vous propose d'aller ailleurs, n'acceptez sous aucun prétexte. J'enverrai un domestique pour l'accompagner. Il veillera sur vous et rentrera avec elle. À dix heures, je descendrai avec une bonne digne de confiance qui restera pour surveiller Lisa. C'est une femme merveilleuse, la nourrice de mes propres enfants. Nous viendrons dans mon atelier, où nous pourrons boire un verre de vin devant la cheminée. Je crois que nous avons encore beaucoup à nous dire. »

Ainsi en fut-il décidé.

8

Une main calleuse tenait la ficelle, au bout de laquelle pendaient deux faisans aux becs ensanglantés. Au loin, entre les feuilles jaunissantes des marronniers, on distinguait la grand-place déserte du village, où l'ombre du clocher s'allongeait à mesure que le soleil déclinait. Tendant le cou pour observer la vue, Niccolò posa délicatement son fusil contre un arbre et entreprit de se curer l'oreille.

« On use nos bottes sur les sentiers, marmonna-t-il, mais il n'y a même pas assez de gibier par ici pour nous permettre de payer le cordonnier qui les réparera.

— Si l'on s'éloigne trop de la ville, il risque de se passer quelque chose pendant notre absence, affirma Luca, le plus jeune des deux frères.

— Il ne se passera rien, grogna Niccolò, parce que Guido il Torvo ramollit avec l'âge. Il nous interdit d'agir. Trouves-tu normal que la situation soit gérée par un homme sénile ?

— Pourquoi ? Tu comptes le remplacer ? ironisa Luca.

— Par la faute de Guido, c'est le marquis qui a pris le contrôle avec ses beaux discours, rumina Niccolò.

— Guido est peut-être affaibli, mais que veux-tu ? Qui pourrait prendre sa place ? Crois-tu qu'il suffise d'organiser des élections pour décider qui, de toi ou du *marchese*, dirigera le syndicat des artisans ? Réveille-toi, frérot : tu verras qu'ils ne veulent pas plus d'un aristocrate que d'un paysan. Pense aux réactions qu'a suscité ton plan la semaine dernière. J'étais le seul à te soutenir.

— Je pense qu'ils étaient plusieurs à être d'accord avec moi. Seulement, ils ne voulaient pas le montrer. Tout allait bien jusqu'à ce que l'autre arrive.

— À présent, rien ne va plus, je te l'accorde.

— Que faire ? Le temps presse.

— Que pouvons-nous faire ? Le *marchese* nous a à l'œil. Nous devons nous en tenir aux termes du vieux Guido, attendre une provocation. Peut-être qu'il n'est pas si ramolli, après tout : connaissant la bête, il y aura bientôt provocation. Qu'en penses-tu ?

— Les jours passent, et la présence de Grussmann m'irrite. Je ne suis pas aussi patient que toi.

— Il m'agace aussi.

— As-tu donc quelque chose à craindre, pour être aussi patient ?

— Tu es toujours prêt à agir sans réfléchir, mon frère. J'ai pensé à quelque chose...

— À quoi sert de penser si l'on ne peut agir ? Quel intérêt de se retourner les méninges ? Si je ne peux rien faire, j'aime autant me soûler.

— Je réfléchissais à un moyen de faire quelque chose. Que penses-tu de cela ?

— Comment puis-je en penser quoi que ce soit si j'ignore de quoi tu parles ? Dis-moi. »

Niccolò lança un regard impatient à son frère, qui sifflotait, faisant mine de l'ignorer.

« Alors, à quoi penses-tu ? s'emporta Niccolò. Vas-tu me le dire ?

— Cette provocation... Je réfléchissais au sens de ce mot, qui nous laisse pieds et poings liés. Apparemment, cela signifie que nous devons attendre qu'il nous provoque, n'est-ce pas ?

— Combien de temps faudra-t-il attendre ? grommela Niccolò.

— Devons-nous vraiment attendre ? Voici à quoi je pense : ce simple mot nous arrête, mais qui a dit que nous ne pouvions pas provoquer la provocation ? Des hommes très haut placés ont eu recours à cette stratégie lorsqu'il leur fallait une excuse pour attaquer quelqu'un. Le secret, c'est qu'il ne faut pas le faire ouvertement. Regardons les choses en face : le capitaine est un homme irritable. Nous ne pouvons pas le blesser physiquement, mais c'est notre seule limite. Si nous parvenons à l'agacer suffisamment, quelle sera sa réaction ? Chaque jour, de nouvelles vexations : du sable entre ses draps, de la colle sur la poignée de sa porte... Nous le harcelons et pouf ! il explose. Et nous voilà provoqués ! »

Niccolò éclata de rire.

« Luca, tu es un sournois !

— Il vaut mieux que ces petites agaceries proviennent de plusieurs endroits à la fois, afin qu'il ne puisse pas identifier un seul coupable. Il faut que l'homme qu'il suspecte à cinq heures soit déjà loin lorsqu'une nouvelle mésaventure lui arrive à six. Ça le rendra fou. Je vais descendre en ville pour toucher un mot de cette idée à nos amis. Plus on est de fous, plus on rit, n'est-ce pas ? »

Une lueur passa dans le regard de Niccolò.

« Peut-être demain quelqu'un le bousculera-t-il par mégarde et lui cassera la jambe... À moins qu'il ne se blesse avec un couteau trop aiguisé.

— Non, non, Niccolò. Par tous les saints, ça n'est pas du tout l'idée. Il ne doit pas être blessé, mets-toi bien ça dans la tête. Seulement de petites vexations. Par exemple, un lézard dans sa baignoire. Ou un trou minuscule dans le thermos de café qu'il emmène pour ses promenades. Des incidents, naturellement. Si une tuile tombait malencontreusement d'un toit pour venir s'écraser un mètre devant lui, qui pourrait dire qu'il ne s'agit pas d'un accident ? Bientôt, il s'apercevra que tout est lié. Il prendra peur, s'énervera, mais ne pourra accuser personne. Qu'en dis-tu ?

— *Sei un furbone*, s'exclama Niccolò. Un sacré renard ! Allons-y. Qu'attendons-nous ?

— Mieux vaut que personne ne nous voie ensemble en ville. Ne nous compromettons pas. De plus, tes idées manquent de raffinement, mon frère. Laisse-moi m'en occuper. Je te chargerai d'une mission qui te convient, tu verras. À présent, je vais rendre quelques visites en ville. L'opération va demander un peu d'imagination et d'organisation, mais si mes mots parviennent aux bonnes oreilles, nous n'aurons sans doute pas à attendre bien longtemps cette fameuse provocation. »

Chaque jour, à une heure, on dressait la table pour le déjeuner, devant la cheminée de l'atelier quand il faisait froid, ou bien sur la terrasse par temps ensoleillé. On apportait les plats depuis la cuisine sous des cloches d'argent. Les vins provenaient de la cave du marquis. C'est dans cette atmosphère de joyeuse complicité qu'Eduardo Carleone et Amanda développèrent une amitié de plus en plus intime. Amanda ne souhaitait pas d'autre compagnie.

À la manière dont Eduardo résolvait les problèmes qui auraient pu entraver leur rapprochement, Amanda comprit que, par son rang et sa personnalité, il avait l'habitude de diriger les choses. La seule pierre d'achoppement avait été l'omniprésence obstinée d'Elvira, qui considérait Amanda comme sa trouvaille personnelle et n'avait aucune intention de la partager avec qui que ce soit.

« Je vous prie de croire qu'elle a toujours été un fardeau pour moi, avait posément expliqué Eduardo. Je ne permettrai pas qu'elle en devienne un pour vous. »

S'il avait été possible de rejoindre la vallée, il aurait renvoyé sa sœur à Florence. Il avait en plusieurs occasions eu recours à cette sanction, ce qui avait toujours eu pour effet d'apaiser Elvira. Mais, la route étant bloquée, il n'avait d'autre solution que de la garder auprès de lui. Il avait brièvement envisagé de l'envoyer loger à l'hôtel – qu'elle appréciait – et de proposer à Amanda et Lisa de venir habiter chez lui, mais une telle solution l'aurait empêché de surveiller les agissements de sa sœur trop instable. Il avait donc dû y renoncer.

À contrecœur, il avait opté pour un compromis qui lui permettait de conserver les apparences de sa routine habituelle : il déjeunait dans son atelier tandis qu'Elvira mangeait seule à la villa, mais il la rejoignait pour le repas du soir. Cela lui permettait de jouir de la compagnie d'Amanda pendant la journée tout en restreignant les visites nocturnes de sa sœur à l'hôtel. Il faisait en sorte de l'occuper jusqu'à l'heure où Amanda irait coucher Lisa, afin qu'elle ne soit pas tentée d'aller lui rendre visite.

Ainsi, il passait tout le jour avec la mère et la fille. Ils se retrouvaient tôt le matin à son atelier, à moins qu'il ne descende à leur rencontre jusqu'aux portes de la ville, après quoi ils visitaient une partie ou une autre de son vaste domaine. Lors de ces promenades, Lisa et Gianni formaient une belle paire d'amis. Quand le soleil commençait à chauffer, ils retournaient à la fraîcheur de l'atelier. Les hautes fenêtres orientées vers le nord laissaient filtrer une lumière idéale pour leurs travaux artistiques sur la pierre ou la toile.

Chaque après-midi, à cinq heures, alors que le soleil surplombait toujours la ligne bleutée des collines à l'ouest, un domestique faisait son apparition, chargé d'un plateau d'argent sur lequel trônait une théière remplie de darjeeling bien fort, accompagnée d'une carafe de lait, de scones au beurre et à la confiture et de biscuits anglais. Invariablement, Amanda s'installait à la table basse, lissait sa jupe et servait le thé fumant dans deux petites tasses avant d'y ajouter du lait afin de tempérer le mélange. Pour Lisa, elle versait un grand verre de lait. Même le chien avait droit à son biscuit, qu'il avait appris à emmener près de l'âtre avant de le manger. Ensuite, il s'étendait aux pieds de Lisa, qu'il effleurait parfois de la patte pour attirer son attention.

Tous les soirs, à neuf heures trente, après que Lisa était couchée, Eduardo venait chercher Amanda, accompagné de la vieille nourrice qui veillait sur le sommeil de l'enfant. Ces heures passées devant la cheminée de l'atelier leur permettaient de discuter avec toujours plus de franchise et une confiance croissante. Au bout d'un certain temps, elle parvint à lui parler de la lettre que Charles lui avait laissée, et du double coup que lui avait porté sa mort.

« Vous abandonner, vous ? » s'écria le marquis incrédule.

Cependant, il fut frappé par l'idée qu'Amanda n'était après tout peut-être pas aussi profondément affectée par son deuil qu'il l'imaginait. Elle lui avoua d'ailleurs que ce choc l'avait en un sens soulagée. Cela signifiait qu'elle n'était certainement pas éperdue de chagrin, comme lui-même l'avait été il y a bien longtemps lors de la mort de Stella. Son mari devait être bien sot, ou en tout cas indigne d'elle. Connaissant Amanda telle qu'il la découvrait, Carleone penchait plutôt pour la seconde hypothèse, ce qui n'enlevait rien à la sottise de l'Américain.

« *Cara*, vous avez besoin de quelqu'un pour veiller sur vous.

— On dirait bien. Comment ai-je pu être aussi naïve ?

— Je suis là, si vous m'acceptez comme gardien.

— Je ne suis pas digne de vous. Quand je pense...

— Ne craignez rien, ma chère. Reposez-vous sur moi. »

Sa voix était affectueuse. Leurs bouches se trouvèrent, et après une brève hésitation, elle lui rendit son baiser.

Un soir, au crépuscule, comme il s'en retournait après avoir raccompagné Amanda et Lisa à l'hôtel, Carleone aperçut Talenti qui sortait de l'hôtel de ville. Le *maresciallo* le salua et traversa la place dans sa direction.

« Cela fait un moment, *marchese*, que je n'ai eu l'occasion de m'entretenir avec vous.

— J'étais occupé, répondit Carleone sans toutefois s'excuser. Comment va notre affaire ? Y a-t-il eu des remous ?

— J'aimerais pouvoir vous dire que je suis confiant. Cependant, je ne comprends pas ce qui se passe. Les Allemands se montrent plus arrogants que jamais – en tout cas celui-là. Malgré les apparences, la ville est en effervescence, mais jusqu'ici il ne s'est rien passé. Quelque chose semble retenir les hommes. »

Talenti hésita un instant.

« Je n'en suis pas certain, mais il semble que Guido il Torvo les tient en main. Savez-vous pourquoi ?

— À votre place, je ferais confiance à Guido il Torvo », répondit le marquis d'un air entendu.

Une lueur passa dans les yeux de Talenti.

« Ainsi, vous lui avez parlé, *marchese* ? Il a accepté de vous écouter ? Je vous en suis très reconnaissant. Avez-vous conclu un accord ? »

Carleone soupira.

« J'aimerais pouvoir vous assurer qu'il tiendra parole. Nous sommes effectivement parvenus à une sorte de compromis. Mais je ne peux rien vous garantir. Cependant, je suis heureux que les hommes lui obéissent. »

Talenti semblait soulagé.

« S'il se produit quelque chose, puis-je faire appel à vous, *marchese* ? »

Carleone secoua la tête.

« Je vous prierai de n'en rien faire. J'aimerais autant ne pas m'impliquer davantage. Vu comment se présentent les choses, je pense que vous pouvez vous débrouiller seul. Bonne chance. »

Talenti suivit du regard la silhouette du marquis qui s'éloignait en boitant. Soudain, le poids de sa responsabilité lui parut plus pesant.

« Comment se fait-il que vous buviez toujours du véritable thé anglais ? » demanda Amanda, une semaine plus tard.

Les derniers scones étaient posés sur une assiette. Lisa et Gianni jouaient dehors sur la pelouse.

« L'habitude me vient de ma grand-mère anglaise et de mes années d'école, expliqua Eduardo. Mon père ne voulait pas que je subisse l'influence de l'éducation fasciste. Plus tard, je suis allé à Oxford. Ainsi, voyez-vous, je suis à moitié anglais, et pas seulement par le sang.

— Êtes-vous resté longtemps hors d'Italie ?

— Mon père s'arrangeait pour que je revienne tous les ans. Nous passions plusieurs mois ici ou à Florence, afin que je n'oublie pas mes origines.

— Vous sentez-vous plus anglais ou plus italien ? le questionna Amanda, qui trouvait son tempérament très britannique.

— Je me sens toscan, sans aucune hésitation. Ma vie est ici. Cependant, j'apprécie toujours les bienfaits d'un bon thé anglais. »

Il saisit un morceau de scone, le mit dans sa bouche et se lécha les doigts.

« Et vous ? demanda-t-il. Je suis certain que vous avez également du sang anglais.

— Je suis américaine depuis des générations, mais mes ancêtres étaient principalement d'origine anglaise et écossaise. J'ai également un peu de sang français. Nous sommes une vieille famille du Connecticut. Les aïeux de mon père possédaient des filatures de coton, qui ont été brûlées par les Anglais lors de la guerre de 1812.

— Il y a eu une guerre en 1812 ? En Amérique ? Vous ne parlez pas de Napoléon ? s'étonna le marquis. N'avez-vous pas un peu de sang italien ?

— Pas que je sache. Mais la plupart des Anglais doivent avoir un peu de sang latin, depuis l'époque où les Romains occupaient la Grande-Bretagne. Mais tout cela est bien dilué, à présent... Cela dit, les légions romaines sont restées là-bas plusieurs centaines d'années. Ils ont sans doute laissé quelques rejetons sur place, comme tous les soldats. »

Eduardo s'esclaffa, amusé par sa vision romancée de l'Histoire.

« Si l'on suit votre raisonnement, je dois avoir du sang goth. Les Toscans préfèrent généralement se targuer de leur ascendance romaine, bien que nous descendions sans doute tout autant de barbares nordiques. Nous sommes un véritable mélange d'Étrusques, de Romains, de Goths, de Lombards, d'Anglais, de Danois et j'en passe. Qui peut dire quels gènes se sont transmis au fil des siècles, ou quelles difformités ancestrales nous ont été épargnées ? J'aurais aussi bien pu avoir les cheveux roux, et vous les genoux cagneux.

— Je ne me plains pas de mes genoux, enchaîna Amanda, mais j'aurais aimé savoir que j'ai du sang italien. Cela expliquerait peut-être pourquoi je me suis toujours sentie si bien dans ce pays, en particulier à Florence.

— Vous sentez-vous vraiment heureuse ici ? lui demanda-t-il, une lueur de satisfaction dans les yeux.

— Il me semble, répondit-elle avec lenteur. Je ne me pose jamais la question. Je me sens simplement satisfaite. Je n'ai jamais éprouvé cela auparavant. Je n'ai besoin de rien.

— Pas même que l'on déblaie la route de la vallée ? »

Elle lui rendit son regard.

« Pas même que l'on déblaie la route.

— Alors je suis un homme comblé. Faisons en sorte qu'il en soit toujours ainsi.

C'était jour de marché. À l'aube, les fermiers des collines environnantes avaient descendu pesamment vers Rocca al Sole, certains à pied, d'autre à bord de vieilles charrettes tirées par des bœufs. Les femmes portaient de gros sacs en toile remplis d'oignons, de choux et autres légumes, ou encore un chevreau, des pigeons ou des poulets attachés par les pattes. Quelques étals branlants avaient été dressés sur la place, grouillante de villageois. Ce jour-là, il y avait peu de marchandises, rien que des produits invendus la semaine précédente. Outre les denrées alimentaires, on trouvait aussi un étal de chaussures, un autre de vêtements et un troisième où l'on vendait de la porcelaine et des ustensiles en aluminium.

Amanda emmena Lisa acheter une paire de bottes afin qu'elle soit équipée pour leurs promenades dans les bois et dans le parc du marquis. Elles contournèrent des groupes de paysans à la peau burinée, accompagnés par leurs femmes aux joues rouges. Les hommes ne s'approchaient pas des étals. C'était le devoir des femmes. Ils se tenaient, par groupes de huit ou dix, absorbés dans leurs conversations au milieu de la foule. Ils parlaient et écoutaient avec avidité, comme s'ils n'avaient pas entendu le son d'une voix humaine depuis des semaines. Peu d'entre eux étaient jeunes. Eduardo avait appris à Amanda que la plupart de ces *contadini* [1] voyaient leurs fils quitter le village pour aller gagner leur vie à la ville ou dans des usines.

Comme elle se relevait après avoir aidé Lisa à enfiler ses nouvelles bottes, Amanda aperçut un groupe d'une douzaine de nonnes qui traversaient la place. Parmi elles, elle reconnut sous sa vaste cornette un visage familier,

1. Paysans. (*N.d.T.*)

celui de son amie Pia Vanucci de Florence, qui l'avait invitée à se retirer avec elle dans un couvent à la campagne. Bien entendu, il devait s'agir de celui de Notre-Dame-des-Anges, situé juste en amont de Rocca al Sole. C'est pour cette raison que le nom du village lui avait semblé familier. Amanda se détourna instinctivement de l'endroit où elle avait aperçu son amie afin d'éviter d'être reconnue. Ce fut une réaction spontanée. Elle ne souhaitait pas la moindre intrusion dans sa nouvelle vie, cette charmante relation qu'elle entretenait avec la villa sur la colline, ses jardins et l'atelier où l'attendait cet homme brillant, qui l'accueillait avec Lisa dans la journée mais seule le soir, tandis que Lisa dormait sous la garde de la vieille nourrice.

Après le marché, Amanda emmena Lisa – ravie de ses nouvelles bottes – de l'autre côté de la place. Sans se retourner, elle emprunta comme chaque jour à la même heure l'allée pavée qui longeait l'hôtel.

Qu'est-ce qui m'a pris, d'ignorer ainsi Pia Vanucci ? se demanda-t-elle. Il n'était pas dans ses habitudes de manquer de courtoisie envers ses amis. Peut-être que cela vaut mieux, se dit-elle encore. Elle est venue ici en retraite et ne souhaite sans doute pas être dérangée.

Elle rougit de ce mensonge éhonté : c'était elle-même qui ne souhaitait pas être dérangée, qui voulait passer ses journées seule en compagnie d'Eduardo et de sa fille.

Amanda était devenue familière d'un petit café situé quelques centaines de mètres derrière l'hôtel, dans la ruelle qui menait à la porte haute. Dans cet endroit chaleureux, la lumière se reflétait sur les dizaines de bouteilles de liqueur multicolores qui ne quittaient presque jamais leur étagère. Une machine à *espresso* fumante occupait la moitié du bar. Amanda commanda un chocolat chaud et un croissant frais pour Lisa, et une petite tasse d'un excellent café pour elle. Celui que servait Dante à l'hôtel en guise de *collazione* était imbuvable. Ce matin-là, le paisible Benedetto, campé derrière le bar, secoua la tête et prédit que d'ici quelques jours il n'y aurait plus de viennoiseries car les stocks de sucre étaient au plus bas.

« Y a-t-il déjà pénurie ? Comment fera-t-on quand il n'y aura plus de nourriture ? » l'interrogea Amanda.

Benedetto la rassura : elle avait bien vu au marché que les paysans avaient apporté plus de poulets et de légumes qu'à l'ordinaire. La récolte avait été bonne cette année, et ils avaient sans doute des réserves. Personne ne mourrait de faim. De plus, la veille, un ingénieur et un technicien étaient arrivés de la vallée. Les travaux de déblayage commenceraient sous peu. Un peu de patience, et tout redeviendrait comme avant.

À ces mots, Amanda eut un pincement au cœur. Elle ne se sentait pas du tout prête à retourner à Florence. Sa vie là-bas lui parut soudain bien vide, dénuée de sens. Elle avait envoyé un message à ses amis par l'intermédiaire de l'un des hommes du village qui était descendu à pied dans la vallée quelques jours plus tôt, mais elle n'était pas encore disposée à s'en aller. Cette nouvelle amitié lui avait ouvert, ainsi qu'à sa fille, les portes d'une vie merveilleuse. Elle se sentait plus proche du pays que jamais, éprouvait de nouvelles émotions, plus tendres et plus profondes que celles qu'elle avait pu entretenir à l'égard d'aucun homme.

En effet, la veille au soir, Eduardo et elle s'étaient aimés. Il lui vint à l'esprit qu'à ce moment-là, alors qu'ils étaient ensemble, Eduardo devait pressentir que leur isolement ne durerait pas toujours. Il disposait d'informateurs fiables ; les notables de la ville faisaient en sorte que les nouvelles importantes parviennent à la villa. Oui, assurément, il savait, mais ne lui en avait rien dit. Au lieu de cela, il lui avait fait l'amour avec passion, leur faisant oublier toute contrainte. Après quoi ils étaient demeurés dans les bras l'un de l'autre, riant de plaisir et d'étonnement.

À présent, un délicieux frisson parcourait le corps d'Amanda. Elle était heureuse qu'il ait gardé le silence : cela signifiait qu'il avait aussi peu envie qu'elle de voir leur idylle prendre fin. Pour elle, l'exultation qu'elle avait ressentie lors de son premier voyage en Italie bien des années plus tôt semblait trouver son accomplissement ultime dans cette liaison, qui ressemblait davantage à une amitié renouée qu'à une aventure.

En ce jour de marché, Eduardo les attendit à la porte du village. Lorsqu'elles le rejoignirent, ils se mirent en marche le long d'un sentier bordé de framboisiers sauvages et de ronces chargées de mûres. Ils parvinrent à une clairière qu'ombrageaient des chênes et des châtaigners. Lisa s'appliqua à remplir la poche de sa blouse de feuilles, glands et marrons. Elle tendit une fougère à Carleone.

« Il y en a, dans votre sculpture du faon.

— Tu as un bon œil, petite. Ce sont des *capovenere*, des cheveux-de-Vénus. »

Les arbres se clairsemèrent pour laisser place à un champ récemment fauché. Ils atteignirent une maison de paysans. Il y avait un figuier planté à l'entrée et, plus loin, sur le versant de la colline, des terrasses d'oliviers. Deux meules en forme de ruche se tenaient à côté de l'étable, d'où provenait une légère odeur de paille et de crottin.

« Oh, comme c'est charmant ! » s'exclama Amanda.

Les lignes pures, les couleurs mélangées de la pierre et de la terre étaient un appel au dessin. Quelques briques apparaissaient au milieu des vieux murs couverts de lichen. Les tuiles usées avaient une teinte ocre sombre.

« On dirait que cette ferme dort ici depuis la nuit des temps.

— Ça ne fait pas si longtemps que ça, répondit Eduardo avec un sourire. La maison a été bien entretenue, et on l'a agrandie au cours des trois cents dernières années. Ce pays est patient. Nous ne sommes pas pressés de détruire ce que nous avons construit.

— J'espère que vous ne le ferez jamais, s'écria-t-elle. Chez nous, ils construisent des bâtiments en verre, béton et contreplaqué, de petites maisons identiques à perte de vue, qui tombent en ruine très rapidement – les bidonvilles de demain. Même l'espérance de vie de nos gratte-ciel est calculée. Comme on ne laisse rien vieillir, il nous manque des maisons comme celle-ci.

— Nous avons adopté certaines de vos idées pour la construction de nos immeubles en banlieue, dit-il. Cette maladie n'est pas l'apanage de l'Amérique. Je ne trouve pas l'architecture de ce siècle particulièrement distinguée. Il existe de beaux bâtiments aux États-Unis, mais ils sont très froids.

— Construits par et pour des machines à calculer, répliqua-t-elle. Parfois, ils me font peur. C'est l'une des raisons pour lesquelles j'ai amené Lisa en Italie : je veux qu'elle fasse l'expérience d'une vie traditionnelle, où l'on a le sens du passé. Je souhaitais quitter les gratte-ciel, les préfabriqués, le stress, pour un endroit plus paisible. Est-ce une erreur ?

— Ne vous faites pas d'illusions, les choses changent ici aussi. On ne peut y échapper. Mais vous avez votre toile et vos couleurs, moi ma pierre et mon marteau. Ainsi, nous pouvons créer la beauté telle que nous la voyons. »

Ses doigts étreignirent son épaule. Elle eut un rire de soulagement.

Comme ils traversaient le champ, le fermier vint à leur rencontre. Sa femme apparut à la porte de la maison et s'essuya les mains sur son tablier. Le marquis fit les présentations, désignant Amanda comme « une grande dame d'Amérique qui nous fait l'honneur de sa visite ». Dans ce cadre, ses mots n'avaient rien de pompeux. Amanda serra la main de l'homme et de sa femme. Ils se prénommaient Beppe et Armida. Le paysan au visage sillonné de rides scruta Amanda d'un regard perçant mais courtois, tandis que sa femme ouvrait la porte avec effusion pour les accueillir dans sa vaste cuisine. Les dalles de pierre au sol, les murs noircis de fumée et les poutres en bois terne assombrissaient la pièce. Le mur du fond était entièrement occupé par une cheminée surélevée coiffée d'une hotte, où rougeoyaient encore quelques braises. On s'en servait visiblement pour cuisiner, car une poêle et une bouilloire étaient posées dans l'âtre. En face, une unique fenêtre laissait pénétrer la lumière du jour. Beppe était taciturne, sa femme bavarde. Après les avoir invités à s'asseoir, elle se tourna vers un grand placard en bois, d'où – sans cesser de parler – elle sortit deux verres et une bouteille de lacryma-christi.

« *Com'è bella la signora !* La *signora* doit être fort vigoureuse, elle doit apprécier la nature, pour venir se promener dans nos collines de si bon matin. Et sa veste est du plus beau tissage, *molto elegante*. Et la petite, la *piccinina*, comme elle est jolie. Veux-tu quelques raisins secs, *tesoro* ? »

Elle se plaignit abondamment de la paresse de son mari, qui ne faisait rien à la maison une fois la moisson terminée et ne voulait pas lui construire un nouveau pétrin. Cependant, son regard facétieux et son attitude faussement moqueuse firent comprendre à Amanda que ces railleries étaient habituelles et n'avaient rien de méchant. Avec le temps, son mari finirait peut-être même par faire ce qu'elle lui demandait. Celui-ci observait les invités en silence, lançant de temps à autre un regard à sa femme.

Après la brève cérémonie du vin, Carleone se tourna vers lui pour le questionner au sujet d'une nouvelle méthode d'épandage qu'il l'avait convaincu – ainsi que tous les paysans de la région – d'adopter cette année pour améliorer le rendement des sols.

Amanda s'était tue par respect pour la discussion sérieuse des hommes. Pendant ce temps-là, Lisa regardait autour d'elle avec un immense intérêt. Elle indiqua à sa mère les coins où des tomates séchées pendaient du plafond, prêtes pour la soupe, ainsi que les lourdes grappes d'oignons accrochées au mur par leurs tiges tressées ensemble.

Amanda ne saisissait que quelques bribes du dialecte de Beppe, mais elle déduisait l'orientation générale de la conversation grâce aux réponses claires d'Eduardo. Voyant la déférence de Beppe, le plaisir qu'exprimait son visage quand le marquis lui adressait un compliment, la manière réservée dont il soulevait les objections, elle fut impressionnée par la force de persuasion et l'autorité dont faisait preuve Eduardo, et dont il avait dû user à maintes reprises pour convaincre ces *contadini* obstinés de renoncer à cultiver la terre comme le faisaient leurs ancêtres. Elle avait beaucoup entendu parler de ces seigneurs qui ne mettaient jamais les pieds sur leurs terres, se contentant d'envoyer leurs intendants collecter leurs revenus. Eduardo était d'une tout autre trempe. À l'évidence, il accordait de la valeur à la terre et aux hommes qui la travaillaient. Elle découvrait une nouvelle facette de cet homme, qui avait su prendre une telle place dans sa vie, l'avait calmée, l'avait éveillée à de nouvelles perspectives d'avenir, lui avait fait reprendre confiance en elle-même. Elle comptait déjà plus sur lui qu'elle n'était prête à l'admettre.

« Je souhaite que vous connaissiez mes gens, lui dit-il lorsqu'ils quittèrent la petite ferme, et je souhaite qu'ils apprennent à vous connaître. »

9

Ce soir-là, quand ils demeurèrent une heure entière à contempler la flambée dans la cheminée de l'atelier, il sembla à Amanda qu'elle n'avait jamais connu une telle félicité. La lumière des flammes dansait sur les cinq sculptures alignées contre le mur, jetant des ombres sur les marbres, léchant un cône de basalte noir, se reflétant sur les joues d'un buste en bronze. Leurs tasses vides étaient posées sur la table devant eux, la riche odeur du café se mêlait encore à celle de fumée et de cire caractéristique de l'atelier. Leurs mains se touchaient à peine. La porte d'entrée était ouverte sur les étoiles.

L'apparition soudaine d'une silhouette dans l'embrasure fit sursauter Amanda. Carleone se leva aussitôt. Il s'agissait d'un homme courtaud, râblé, soufflant et transpirant comme s'il avait gravi la côte à grande vitesse. C'était le maire de Rocca al Sole, Giacomo Porzio. Malgré son exaspération d'avoir été dérangé à une heure si tardive, le marquis dut bien reconnaître que seule une urgence extrême pouvait avoir mené Porzio à monter jusqu'ici, au sommet de la colline. Par ailleurs, le protocole interdisait au maire de convoquer le marquis, et jamais il ne se serait déplacé sans une raison valable. Porzio avait besoin d'aide. Il y avait des troubles dans le village. Carleone aurait aimé l'envoyer au diable et lui dire de le laisser tranquille, mais la figure falstaffienne du maire l'amusa. Son chapeau lui avait laissé une ligne de transpiration sur le front, d'où pleuvaient des gouttes de sueur à chaque fois qu'il s'inclinait exagérément devant Amanda.

La vue de l'Américaine chez le *marchese* avait éveillé l'intérêt du maire. « La *signora* Lashe connaît votre frère, dit Carleone, même s'il savait pertinemment que le maire était au fait de tout ce qui concernait Amanda, ou tout autre étranger en ville.

— Êtes-vous confortablement installée, *signora* ? Pardonnez ma question, mais il se trouve que je possède un intérêt financier dans l'hôtel. Je pourrais peut-être vous procurer quelques commodités supplémentaires. Si vous manquez de quoi que ce soit, j'en référerai aussitôt à mon frère Salvatore. »

Il mettait Amanda mal à l'aise avec ses manières trop onctueuses. En cela, il ressemblait à son frère. Ils se ressemblaient d'ailleurs comme deux gouttes d'eau, quoique le maire se montrât un peu plus pompeux. Elle refusa poliment son offre.

« Merci, répondit-elle froidement. Les débuts ont été un peu difficiles, mais à présent je suis bien installée. »

Le regard entendu de Porzio la contraria. Carleone non plus n'était pas ravi. Il s'excusa auprès d'Amanda et entraîna le maire sur la terrasse, laissant toutefois la porte ouverte afin de ne pas paraître grossier.

« Votre message est sans doute important, sans quoi vous ne seriez pas ici, dit-il sèchement.

— Dites-moi ce que je dois faire, *signor marchese* ! s'écria Porzio, désespéré. Je m'en remets à vous. »

Carleone leva un sourcil.

« Qu'est-ce qui vous amène ici, maire ? Je ne vous ai jamais vu en proie à un tel désespoir. Allons, parlez ! Quelqu'un a-t-il été tué ? Blessé ? Que se passe-t-il ?

— Pas encore, mais cela ne saurait tarder. Je ne peux rien faire pour l'empêcher. C'est comme un éboulement, la terre glisse et les premières pierres commencent à tomber. »

Amanda n'essayait pas d'écouter. Elle n'avait aucune idée de ce dont ils parlaient. Eduardo lui avait épargné le récit des événements, et seules quelques bribes de conversation lui parvenaient de la terrasse. Lorsqu'elle entendit le mot *frana,* éboulement, elle déduisit que tel était le sujet de leur discussion.

« Qu'a-t-il encore fait, notre gaillard ? demanda Carleone.

— Pas ce qu'il a fait, ce qu'il va faire, s'exclama Porzio. Sainte mère de Dieu, qui pourrait le ramener chez lui ? Le village ressemble à une bombe dont la mèche se consumerait lentement. Dès que Talenti ou moi-même essayons de l'éteindre, quelqu'un la rallume aussitôt. Il n'a aucune conscience du danger. Voilà deux heures, il est venu exiger – pas *demander*, comprenez bien, *exiger* – que j'arrête plusieurs personnes. Il a porté plainte. Mais qui arrêter ? Il veut mettre la moitié du village sous les verrous.

— Il est devenu fou !

— Il ne peut donner qu'un seul nom. Savez-vous lequel ? Celui du petit Dante, de l'hôtel, si doux, si inoffensif. Il l'accuse d'avoir renversé sa soupe, et je devrais l'arrêter pour cela ! Ce *porco* s'est déjà rendu à la police, qui refuse d'enregistrer sa plainte. Alors il s'adresse à moi.

— Pourquoi ne lui riez-vous pas simplement au nez ? De telles accusations ne peuvent être prises au sérieux.

— *Oddio*, bien sûr que tout cela est absurde, mais cela va plus loin. Il dit être victime d'un ensemble de persécutions. Partout où il va, il lui arrive quelque chose. C'est fort possible. Vous savez aussi bien que moi que personne ne peut le supporter. Croyez-moi, il est dans un état de rage incontrôlable. Il finira par s'en prendre à quelqu'un. Ce midi, Salvatore a dû s'interposer entre lui et Dante, car il s'apprêtait à frapper le garçon avec son bâton de marche.

— Je vois, fit Carleone, soucieux. C'est mauvais. Ainsi, ils jouent à renverser sa soupe. Je me demande ce qu'ils font d'autre. Ce pourrait être amusant, si la situation n'était pas si préoccupante. Combien de ces "mésaventures" ont eu lieu ?

— Trop, je le crains. J'ai l'habitude d'écouter le pouls du village, vous le savez. Mais les gens sont trop silencieux. Ils attendent quelque chose, ils bouillent intérieurement.

— Hmm... Il n'avait donc aucune accusation sérieuse ? Personne n'a encore osé lui causer de véritable tort ?

— S'il dit vrai, ils se contentent de le harceler. Mais il ne peut s'agir de coïncidences, tout cela me semble plutôt organisé. Dans un tel cas, le but ne doit pas être simplement de l'irriter. Ils essaient de le pousser à bout. Mais pourquoi ? Ils ne lui font aucun mal, ils l'agacent simplement de manière à ce qu'il se retourne contre eux. C'est tout bonnement stupide.

— S'il s'agit d'un effort concerté, c'est au contraire une stratégie très intelligente, dit Carleone pensivement. Et très dangereuse. Ils l'agacent, et lorsqu'il éclatera, lorsqu'il commettra un acte violent, ce sera la curée, sachez-le.

— C'est bien ce que je craignais. C'est la raison de ma présence ici. Je suis au désespoir, *marchese*.

— Très bien. Il ne reste qu'une seule chose à faire : ordonnez à Talenti de le placer en garde à vue préventive.

— *Mamma mia*, dois-je lui expliquer que je l'arrête pour protéger sa chemise des taches de soupe ? Que je ne peux pas contrôler la population pour de telles peccadilles ? Que dira-t-on à ses amis ? Que feront-ils quand il sera en prison ?

— Dites-lui la vérité.

— Il refusera d'écouter. Il refusera d'y croire. Il m'accuse, ainsi que la police et les *carabinieri*, d'incompétence. Dès qu'ils s'en iront d'ici, le village et ses responsables seront la risée de tous les journaux. Arrêter un homme pour le protéger de sa soupe ! Imaginez le scandale. Ça remonterait jusqu'à Rome !

— Au moins, il s'en tirerait vivant.

— Je ne peux pas faire cela. Talenti et Rossi refusent d'intervenir – du moins pour l'instant. Ils disent qu'il faut attendre que quelque chose de plus grave se produise.

— Un meurtre, par exemple. Ce devrait être assez grave pour les décider. Cependant, je comprends la situation. Ils ne peuvent agir qu'une fois le fait accompli, ils doivent obéir à leur règlement.

— Talenti m'a appris que vous aviez conclu un accord avec Guido il Torvo.

— Oui, nous avions un accord. Mais comme je l'ai dit à Talenti, il y avait une condition. C'est précisément de cela que les gens du village semblent profiter. On dirait bien qu'ils vont parvenir à leurs fins. »

Le visage de Porzio se décomposa.

« La situation est incontrôlable. Je ne peux rien faire, tout le monde refuse de coopérer, ils sont trop têtus. Pourquoi ne pas nous résigner et fermer les yeux ? À supposer qu'il lui arrive quelque chose, en quoi est-ce de notre faute ? Pourquoi nous ronger les sangs ? Pourquoi dois-je gravir cette colline escarpée comme un animal ? Qu'ils fassent de lui ce qu'ils veulent.

— Et que pensez-vous qu'il leur arrivera ensuite ? Ils seront arrêtés pour meurtre. Ce sera la prison, l'horreur pour leurs familles. Et pour nous autres, une réputation de sauvagerie : la Toscane deviendrait-elle une région aussi dangereuse que la Sardaigne ? Ces hommes ont déjà prouvé qu'ils pouvaient se maîtriser, Porzio. À nous de les empêcher d'agir.

— *Signor marchese*, nous ne pouvons rien empêcher. Comment le pourrions-nous ?

— Il faut se débarrasser de nos visiteurs, c'est la méthode la plus simple. Il me semble que la voie est dégagée. Les ingénieurs sont montés de la vallée, hier : cela veut dire qu'un sentier a été dégagé. Demandez à Talenti une escorte armée, et expulsez tout le groupe du village.

— Mon Dieu, si seulement la chose était possible ! Mais il refuse de partir ! Il a prévu de passer encore une semaine de vacances ici, et il ne veut pas qu'on l'en prive. On ne peut pas lui parler, c'est un véritable crétin !

— Ainsi, il veut profiter de ses vacances ? Il faudra lui forcer la main.

— Pas moi ! C'est pour cela que je suis venu, comprenez-vous ? Il n'a aucun respect pour moi, ni pour ma fonction de maire. Il n'y a qu'une seule personne avec qui il juge digne de dialoguer. Il connaît votre position, la renommée de votre famille...

— Non, non ! s'écria Carleone. N'y songez même pas. Je ne m'approcherai pas de lui. »

La bouche du marquis se tordit de dégoût.

« Pardonnez-moi de vous faire une telle demande, dit Porzio, dont le visage perdit un instant son expression calculatrice. Vous avez dit vous-même, *signore mio*, que c'était à nous d'empêcher les villageois d'agir. J'ai essayé, sans succès. Je n'ai pu ramener l'Allemand à la raison. Je ne peux que m'en remettre à vous. »

Lorsque, vers minuit, il raccompagna Amanda à l'hôtel, Carleone demeura silencieux pendant la plupart du trajet, absorbé par l'idée du calvaire qui l'attendait le lendemain matin. Il se montrait attentif comme toujours, lui prenait le bras pour l'aider à franchir les ornières, mais la visite du maire semblait l'avoir distrait. Ça n'était pas la meilleure soirée qu'ils aient passée ensemble.

« Je serai un peu en retard pour vous voir demain, mon amour », dit-il alors qu'ils approchaient de l'hôtel.

Ses solides doigts de sculpteur se refermèrent sur le poignet d'Amanda, puis glissèrent pour saisir sa main.

« Je suis obligé de descendre ici pour m'entretenir avec quelqu'un, après quoi je dois assister à une réunion à la mairie, en rapport avec le problème dont est venu me parler Porzio. J'ignore combien de temps cela prendra. Je viendrai vous chercher dès que j'en aurai terminé.

— C'est parfait pour moi, répondit Amanda. Je ne savais comment vous l'annoncer, mais je ne pourrai pas non plus vous voir avant la fin de la matinée. Lisa a été invitée à se promener avec le groupe d'Allemands qui loge à l'hôtel, et bien entendu je dois l'accompagner. Je sais que vous ne les portez pas dans votre cœur, aussi ai-je repoussé l'expédition aussi longtemps qu'il était décemment possible. Mais si vous êtes également pris, je peux y aller demain. »

La veille au soir, à l'hôtel, elle avait failli refuser la proposition des Allemands. Mais, alors qu'elle hésitait encore, Elvira – qui avait échappé à la surveillance d'Eduardo – avait fait irruption dans le bar.

« Vous n'irez pas vous promener avec ce bétail. Jamais ! Je vous l'interdis ! »

Son intervention intempestive avait achevé de décider Amanda. Elle et Lisa n'avaient que trop repoussé l'offre, elles étaient obligées d'y aller. Le regard venimeux que lui avait lancé Elvira lui avait rappelé la scène qui avait eu lieu à la villa, les doigts plantés dans son épaule, les menaces...

Même à présent, alors qu'elle expliquait ses projets à Eduardo, cette attitude tyrannique la révoltait encore.

Tandis qu'elle parlait, le visage austère du marquis se figea. Ses yeux bleus se plantèrent dans ceux d'Amanda.

« Vous, marcher avec les Allemands ? Je vous le défends ! »

Voilà qu'il se montrait aussi autoritaire que sa sœur. S'agissait-il d'un trait de famille ?

« Mais, mon cher Eduardo, j'ai déjà accepté. J'ai une obligation, et je dois m'en acquitter. Ils ont été si gentils avec Lisa. Je veux qu'elle apprenne à rendre la pareille. Je dois dire que l'idée ne m'enchante pas, mais je dois y aller.

— Vous n'irez pas, et Lisa non plus. Vous comprenez que je suis très mécontent de votre décision. Pourquoi ne m'avez-vous pas consulté ?

— Mon Dieu, répondit-elle, abasourdie, parce que je savais déjà que ça ne vous plairait pas. Cette promenade sera absolument horrible, avec "Grossmann" qui me débitera ses compliments balourds. Ce ne sont pas des gens très chaleureux, je le reconnais, mais ils sont plutôt inoffensifs.

— Inoffensifs ! Vous ne savez pas de quoi vous parlez. »

Le marquis se sentait d'autant plus exaspéré qu'il se rendait compte que c'était lui qui avait entretenu l'ignorance d'Amanda.

« Vous ne vous souvenez même pas du nom exact de cet homme, mais vous êtes prompte à placer ses propositions avant mes désirs.

— Mais ils ont été si gentils avec Lisa, surtout les femmes, qui lui ont offert des bonbons et de l'orangeade tous les soirs. Désolée de vous contrarier, mais j'ai un engagement.

— Vous vous entêtez comme une enfant. Ça ne vous ressemble pas. Écoutez-moi bien, Amanda. Sachez que j'ai mes raisons. Je vous interdis de partir avec eux. Est-ce bien clair ? »

Il se montrait aussi autoritaire que sa sœur. Cela piqua Amanda.

« De quel droit m'interdisez-vous quoi que ce soit ? Mon cher, je ne suis pas une femme italienne, qui obéit et se soumet sans comprendre pourquoi. Je suis américaine, et je n'ai pas l'habitude de recevoir d'ordres de la part des hommes. Pendant dix ans j'ai essayé de rendre un homme heureux, et voyez le résultat. Je suis à présent de nouveau indépendante, et j'entends le rester. »

Ses joues s'étaient empourprées. Carleone aussi était furieux.

« Vous parlez comme une petite sotte ! Vous me contrariez délibérément, puis vous vous justifiez en disant que vous êtes américaine et indépendante. Vous sentez-vous dépendante de moi ? N'est-ce pas un choix de votre part ? »

Tous deux étaient en colère. Ils n'avaient jamais eu le moindre désaccord, aussi étaient-ils profondément déçus que leurs divergences culturelles puissent ainsi les opposer.

« Pourquoi me donnez-vous des ordres ? Vous n'avez aucune autorité sur moi.

— Vous ne me faites pas confiance. Je suis sincèrement inquiet pour vous. Vous me traitez comme un goujat. Vous essayez de défendre votre propre ignorance en me faisant passer pour un tyran. Ne voyez-vous donc pas que vous ne comprenez rien à la situation et que j'essaie de vous protéger ?

— Je n'ai pas besoin de protection. »

Elle entrevoyait qu'il avait peut-être raison au sujet de son ignorance, mais cela ne fit que l'énerver davantage. Et la réaction d'Eduardo ne fit rien pour calmer les choses.

« Vous êtes une petite idiote. Vous vous comportez comme une gamine. Vous me décevez, Amanda.

— Pensez ce que vous voudrez. Je n'aurais jamais cru que vous puissiez être si tyrannique.

— Ni vous si vulgaire. »

Il lui lança un regard empreint de douleur.

« Allons, Amanda, cessons de nous disputer. Vous devez me faire confiance. Comprenez que j'agis dans votre intérêt. Écoutez, ma chère, j'irai jusqu'à vous supplier de renoncer à cette excursion.

— Je ne vois pas pourquoi. Vous exigez cela de moi sans rien m'expliquer.

— M'écouterez-vous, si je vous dis que vous mettez Lisa en danger en même temps que vous-même si vous allez vous promener avec les Allemands ?

— Comment puis-je vous croire ? »

Elle sentait qu'elle se montrait déraisonnable. Elle décida alors de se ressaisir pour mettre Eduardo dans son tort.

« Je sais que les Italiens ont des raisons de se méfier des Allemands, depuis la guerre. Je m'en suis aperçue à Florence. Mais êtes-vous certain de ne pas exagérer, en imaginant des circonstances qui n'existent plus ? Je ne crains pas ces gens le moins du monde.

— C'est fort dommage. »

Il aurait voulu la secouer, tellement son manque de jugement le mettait hors de lui.

« Ma chère, je vous le demande pour la dernière fois : pouvez-vous s'il vous plaît renoncer à cette promenade ?

— Je crains de m'être déjà engagée à y aller. Je vous verrai en début d'après-midi.

— Non, vous ne me verrez pas.

— Vous n'êtes pas raisonnable », s'entêta-t-elle.

Une voix intérieure lui disait qu'elle avait tort, qu'elle était en train de gâcher quelque chose de précieux. Malgré cela, elle n'ajouta rien.

Le marquis s'inclina devant elle. Son regard, où se mêlaient fureur et déception, croisa celui d'Amanda. Il s'éloigna.

Dès qu'elle fut dans sa chambre, Amanda se mit à sangloter. Elle se rendait tout juste compte de ce qu'elle venait de faire. Elle n'aurait pas dû se comporter ainsi. Elle avait raison, bien entendu, et il aurait certainement dû essayer de comprendre sa position. Mais force était de reconnaître qu'elle s'était montrée mesquine. Elle avait fréquenté les Allemands plus que lui, et se sentait plus à même de les juger. Elle aurait tout de même dû recadrer les choses, faire comprendre à Eduardo que personne ne pouvait être tout noir, et qu'il faisait preuve d'intolérance. Elle n'aurait pas dû en faire une question de respect de sa condition de femme. Elle aurait dû lui faire valoir que c'était simplement par ouverture d'esprit qu'elle s'opposait à ce qu'il lui interdise quoi que ce soit.

Cependant, cet argument lui parut aussitôt fallacieux. Elle n'avait pas fait preuve d'ouverture d'esprit, elle avait été puérile. Elle aurait dû se défaire de ce genre de mécanisme de défense depuis longtemps. Eduardo aurait pu lui rire au nez. Mais au lieu de cela, il s'était emporté contre elle. Il ne voudrait pas la revoir le lendemain ; peut-être ne voudrait-il plus jamais la voir.

10

Lorsque, après une nuit passée à se retourner dans son lit, Amanda ouvrit les volets de sa chambre, l'air extérieur lui apporta une odeur de gel. Sur ces hauteurs, l'hiver approchait à grands pas. Au-dessus de la mairie, le ciel avait une teinte jaune pâle, à peine éclairé par le soleil levant. Elle prit une grande inspiration, puis referma la fenêtre. Elle contempla un instant la place vide, secrètement tourmentée par un effroyable sentiment de perte.

La nuit avait été interminable. Pendant des heures, elle s'était repassé la conversation de la veille, se reprochant sa susceptibilité. En repensant à l'attitude d'Eduardo, elle essaya d'imaginer comment il avait pu la percevoir. Elle n'était pas fière de l'image qu'elle avait dû offrir. Elle s'était montrée désagréable et égoïste. Elle n'avait pas eu la courtoisie la plus élémentaire de prendre en compte une tradition différente de la sienne, une autre vision du monde qui impliquait par exemple une certaine attitude à l'égard des femmes. Quel besoin avait-elle d'affirmer son indépendance ? Et surtout, pourquoi insistait-elle pour aller se promener avec ces horribles « Grossmann » ?

Elle se débarbouilla à l'eau froide dans le petit lavabo de la chambre, et prit un plaisir spartiate à sentir l'eau glaciale sur sa peau. Au moment de s'habiller, elle hésita à enfiler les vêtements qu'elle avait prévus pour la promenade. Comme chaque jour, elle s'installa à table pendant une heure pour préparer la leçon de Lisa. Elle se demanda s'il était encore temps de renoncer à l'excursion. Mais cela ne changerait rien : Eduardo resterait fâché contre elle.

Lisa se réveilla, bâillant et clignant des yeux. Amanda lui enfila son peignoir et l'accompagna à la salle de bains au bout du couloir, où elle la lava dans la bassine avant de la sécher vigoureusement. La fragilité de sa petite fille remplit Amanda d'un désir de protection.

« Quand nous rentrerons de la promenade, nous demanderons de l'eau chaude pour prendre un bon bain », dit-elle fermement.

Elle s'était engagée, le sort en était jeté. De retour dans la chambre, elle tira le cordon à la tête du lit. En attendant qu'on leur apporte le petit déjeuner, Lisa s'assit sur le lit et enfouit ses pieds sous la couverture.

« On va aller se promener dans la forêt, comme tu as dit ? » demanda-t-elle en agitant les jambes.

Et ajouta :

« Est-ce que je dois emmener mes devoirs aujourd'hui ?

— Non, ça n'est pas la peine. Et oui, nous allons dans la forêt, jusqu'à la pinède en haut de la deuxième ligne de collines.

— C'est très haut, on ne le voit pas d'ici », répondit-elle en regardant par la fenêtre.

Un instant, le souffle lui manqua. Elle venait de reconnaître une silhouette familière, vêtue de tweed anglais, qui traversait la place depuis la mairie en direction de l'hôtel.

C'était lui. Elle reconnut sa légère claudication, son maintien si droit, sa main qui tenait fermement un bâton de marche. Il allait d'un pas déterminé. Il venait ici. Amanda se sentit soudain légère. Comme il portait un chapeau, elle ne pouvait pas distinguer l'expression de son visage, mais sa démarche semblait confiante. Il regardait droit devant lui, ne leva pas les yeux vers la fenêtre. Il disparut sous le balcon.

Amanda ne dit rien à Lisa. Quand il arriverait, ils lui expliqueraient ensemble que l'excursion n'aurait pas lieu. Lisa appréciait tellement le marquis qu'elle ne contesterait pas leur décision, et sa déception ne durerait pas. On frappa à la porte. Elle courut ouvrir, mais ce n'était que Dante qui apportait le petit déjeuner. Il posa le plateau sans lui transmettre de message. Amanda attendit, vaguement perturbée. On frappa de nouveau, de manière plus décidée. C'était Frau Grussmann. Elle se répandit en excuses, expliquant qu'il faudrait repousser le départ d'une heure car ils avaient dû inopinément modifier leur emploi du temps. Aussi priait-elle Mrs Lashe de leur pardonner le désagrément.

« Ça ne me pose aucun problème, répondit Amanda. En fait, cela m'arrange même. »

Elle voulait qu'elle s'en aille, mais la femme continua à s'expliquer sur le fait que son mari était d'une ponctualité scrupuleuse, que cette fois-ci le retard était inévitable, qu'ils espéraient qu'elle leur pardonnerait cet écart. Ils avaient demandé qu'on leur prépare des sandwichs afin de pouvoir pique-niquer dans les bois, étant donné qu'il serait impossible de rentrer à temps pour le repas de midi. L'esprit d'Amanda était en ébullition. Elle jetait des regards furtifs dans le couloir, mais personne ne venait.

On débarrassa le petit déjeuner. Elle aida Lisa à enfiler ses nouvelles bottes. Elle ne cessait d'aller et venir nerveusement, de regarder par la fenêtre, repoussant le moment de s'habiller. En effet, elle ne voulait pas qu'Eduardo la trouve toute harnachée en vue de cette excursion à laquelle elle souhaitait à présent renoncer. Finalement, elle l'aperçut par la fenêtre alors qu'il sortait de l'hôtel, ou bien de la ruelle voisine. Il se dirigea vers la mairie, boitant légèrement plus qu'à l'aller. Il disparut sous l'arche de stuc qui donnait sur la cour du bâtiment. Amanda sortit une jupe de marche en tweed de sa garde-robe, et se résigna à enfiler ses bottes.

Carleone envoya Salvatore porter sa carte afin de solliciter un entretien. Il ne retira pas son manteau, mais se tint devant la cheminée du hall décorée de marbre rose, surmontée d'anciennes armoiries. Sans le savoir, il avait choisi le même coin du salon que sa sœur lorsqu'elle avait invité Amanda à prendre le café pour la première fois. Il demanda qu'on lui apporte une bouteille et un verre et s'installa dans un fauteuil tourné vers l'escalier. Quand l'Allemand parut, il détourna le regard et ne se leva pas immédiatement.

De toute évidence, Grussmann se souvenait de lui. Il apparut également assez rapidement que, loin d'être gêné par la visite du représentant de la plus grande famille locale, il s'en voyait plutôt flatté.

« *Caro marchese !* C'est un grand honneur. Comme je le disais à ma femme quand nous avons reçu votre carte, nous aurions dû vous rendre visite à la villa au cours de l'une de nos promenades. Mais je ne savais pas si vous y logiez en ce moment. »

Il lui tendit la main avec un grand sourire.

« Je suis ravi de vous revoir », poursuivit-il.

Le marquis s'était levé.

« Vous m'excuserez si je ne vous serre pas la main, dit-il avec hauteur. Asseyez-vous. Buvez quelque chose », ajouta-t-il froidement.

La rage qu'il s'attendait à ressentir en revoyant cet homme lui envahit la poitrine, mais il parvint à la maîtriser. Autant aller droit au but, et essayer de sauver la vie de cet idiot en passant le moins de temps possible en sa compagnie.

« Apparemment, il y a certains problèmes que vous ne comprenez pas à Rocca al Sole. Il m'appartient malheureusement de vous en entretenir », dit-il en s'asseyant.

Grussmann s'avachit dans le fauteuil en face de lui et se lança dans une litanie de griefs.

« Vous l'avez dit. Il y a certains problèmes que je souhaite voir résolus, expliqués, et je suis ravi de trouver enfin quelqu'un qui soit disposé à m'écouter.

— Avez-vous demandé de l'aide ? »

Carleone ressentait une certaine pitié et beaucoup de mépris pour la bêtise de cet homme.

« Je suis allé me plaindre à cet imbécile de maire. Mais que voulez-vous ? Il n'a aucune autorité, il laisse tout passer. Cet homme-là est mou.

— Je crois que vous le sous-estimez, répondit sèchement le marquis. Il semble que la communication avec lui n'ait pas été très fructueuse, car il m'a dit que c'était *vous* qui n'aviez pas saisi son message. Vous comprenez bien que je suis ici à sa demande. Il semblait nécessaire de vous confronter à quelqu'un dont vous reconnaissiez l'autorité, sans quoi j'aurais refusé de vous adresser la parole. Quoi qu'il en soit, je ne vous aurais en aucune manière reçu chez moi. »

La mâchoire de Grussmann se crispa. Il paraissait surpris.

« Vous vous plaignez ? demanda Carleone. Êtes-vous en train de me dire que *vous* êtes allé chez le maire pour vous plaindre ?

— Bien entendu ! Il faut que les agissements dont je suis victime cessent. On me maltraite. On m'insulte.

— Vraiment ?

— Dans la rue on me pousse, on me bouscule, on me marche sur les pieds, on déchire mon manteau. Lorsque j'enfile mes bottes le matin, je trouve des cailloux dedans. Que dites-vous de cela ? Ils ne se retrouvent tout de même pas là par hasard ! Hier, alors que j'étais au bar à côté avec ma famille, le serveur m'a délibérément renversé une tasse de café dessus. Je l'ai vu faire ! Il s'est excusé, mais avec insolence, comprenez-vous ? Je l'ai traité d'imbécile. Quand il m'a rapporté une nouvelle tasse, il l'a posée de sorte que le café déborde dans la coupelle. Puis, à midi, on me renverse de la soupe dessus à l'hôtel !

— Et que vous indiquent ces incivilités ? » lui demanda Carleone.

Mais l'Allemand poursuivit avec flamme :

« Sur le chemin de l'hôtel, on vide un seau d'eaux usées juste devant nous. C'est évidemment fait exprès.

— Oh, oui, j'en conviens. Tout cela est délibéré, dit le marquis, impassible. Seulement, vous êtes-vous demandé pourquoi on vous fait toutes ces misères ?

— Mes bottes, continua Grussmann en jetant un regard sur ses pieds maculés. Avez-vous vu l'état de mes bottes ?

Quelqu'un va payer pour cela. Je demanderai des réparations.

— Et vous les aurez, lâcha Carleone, donnant momentanément cours à son exaspération. Vous les aurez, mais je ne suis pas certain qu'elles vous soient versées dans une monnaie qui vous convienne. Cela ne saurait d'ailleurs tarder, si vous ne prenez pas conscience de ce qui vous arrive. Enfin, monsieur, croyez-vous être le bienvenu ici ? Laissez-moi vous mettre en garde. Pensez aux crimes que vous avez autorisés, ou du moins tolérés quand vous vous êtes retiré de ce village. Peut-être votre mémoire vous suggérera-t-elle qu'il est dangereux de vous comporter avec arrogance envers des gens que vous avez si cruellement blessés.

— Qu'est-ce que cela signifie ? » commença Grussmann.

Mais le regard froid du marquis l'intimida, et il garda le silence.

« Il ne s'agit pas d'accidents. Vous êtes victime d'actes hostiles, lui assura Carleone. Essayez de comprendre cela et d'agir en conséquence.

— J'aurais dû étrangler ce serveur, fit Grussmann d'un air sombre. Vous avez raison, il était hostile. Si ma femme n'avait pas été là...

— Je vous conseille vivement de réfréner vos envies d'étrangler qui que ce soit. Vous avez commis des crimes contre les habitants de ce village. Cette fois-ci, vous n'avez plus d'armée. Votre position n'est pas très enviable. Croyez-vous qu'ils aient oublié ?

— Êtes-vous en train de me parler de la guerre ? Après tout ce temps ? Mais ça n'est pas raisonnable. Et puis, on ne peut pas dire que ce sont des crimes, les actes que l'on commet pendant une guerre, vous devriez le savoir. La guerre est régie par ses propres lois. Il nous appartenait de les faire respecter. Cela s'est peut-être fait dans des conditions difficiles, mais les choses sont ainsi : à la guerre, le but est de survivre et de détruire l'ennemi, quel qu'il soit. C'est ce que j'ai fait en tant qu'officier. Et puis, tout cela remonte à si longtemps... »

Le marquis lâcha un cri d'indignation. L'ancien capitaine le regarda avec suffisance.

« Vous vous souciez du sort de ces paysans, mais ce genre de choses se produit souvent pendant une guerre. Des crétins insignifiants ont voulu s'opposer à une puissance – qu'ils venaient de déserter, souvenez-vous – qui leur avait été bénéfique, bien plus que leurs actuels dirigeants laxistes. Vous êtes un homme du monde, *marchese*, vous savez que les grandes puissances ont le devoir de réformer le système politique des nations arriérées. Vous n'ignorez pas non plus que les Italiens ont eu le culot de nous trahir, de nous déclarer la guerre alors que nous combattions pour eux. C'est ce que vous avez fait en renversant votre propre gouvernement, idiots que vous étiez ! Ainsi, vous êtes devenu un ennemi qu'il fallait affronter. »

C'est encore un nazi, pensa Carleone. Il n'a absolument pas changé.

« Deviez-vous pour cela assassiner des femmes et des enfants ? Réfléchissez !

— Qui parle d'assassinats ? »

Grussmann bomba fièrement le torse, l'air offensé.

« Je viens de vous expliquer qu'il n'y a pas de meurtre en période de guerre. J'étais un officier, j'étais responsable de mes hommes. Lorsqu'un village résiste, il n'y a qu'une solution. Nos soldats sont un bien précieux, or on leur tirait dessus. Quel affront ! Nous protégions nos hommes. S'ils avaient la prétention d'être une armée, il fallait donner une leçon à ces paysans stupides. Que faire ? En termes simples, si un village est dangereux, il doit être neutralisé. Mais il était parfois nécessaire de peindre la réalité différemment aux escouades que nous envoyions face à des civils.

— Les hommes que vous avez envoyés à Rocca al Sole vous ont-ils rapporté qu'il ne se trouvait pas un seul homme d'âge adulte parmi les victimes ? Rien que des femmes et des enfants sans défense, massacrés le jour où vous avez battu en retraite, certainement pas pour vous défendre, mais pour vous venger. Vous vouliez que les habitants de la région se souviennent de vous par ce dernier coup d'éclat, n'est-ce pas ? Eh bien ils s'en souviennent.

— *Marchese*, dans le cas de Rocca al Sole, vous devez reconnaître que nous avons agi avec une grande modération. Seulement une douzaine de personnes, peut-être moins, ont été punies pour l'obstination de tous. *Lieber Gott*[1], *marchese*, nous aurions dû raser le village ! Vos gens ont eu de la chance, ils devraient se montrer reconnaissants de ma retenue. »

Un éclair passa dans les yeux de Carleone.

« Reconnaissants ? s'écria-t-il, furieux. Vous vous attendez peut-être à ce que je vous exprime ma gratitude ? Pensez à qui vous vous adressez. Dois-je vous remercier pour la retenue dont vous avez fait preuve envers ma femme ?

— Pardonnez-moi, *signor marchese*, répondit Grussmann avec humeur. Mais en ce qui concerne la charmante *marchesa*, votre femme, la question de la retenue ne s'est même pas

1. Grand Dieu ! (*N.d.T.*)

posée. A-t-elle formulé une plainte ? Je suis certain qu'elle n'aurait eu aucune raison de le faire. S'il y a eu le moindre malentendu, je me ferai fort de m'excuser auprès d'elle, si elle me le permet. Est-elle ici avec vous ? »

Jusqu'à présent, Eduardo Carleone s'était forcé à écouter. Il était parvenu à n'exprimer que mépris pour le discours de nazi que tenait l'autre. Il s'en souvenait si bien : la période de l'Occupation était gravée dans la mémoire de tous les Italiens d'un certain âge. Laissez un homme médiocre goûter à l'autorité, disait-il en ce temps-là, et il ne manquera pas une bassesse pour flatter son ego. À l'époque, le pays grouillait d'apprentis Führer, des hommes sans conscience ivres de pouvoir. Celui-ci en avait fait partie. C'était le genre de personne que Carleone ne pouvait que mépriser. Cinq minutes plus tôt, il était prêt à abandonner la partie, car la bêtise de l'Allemand le plaçait au-delà des exigences de la décence la plus élémentaire. Mais qu'il prétende être innocent de la mort de Stella, cela avait réveillé sa fureur.

Mon Dieu, c'est un monstre, pensa-t-il. Les villageois avaient raison. J'aurais dû les laisser s'occuper de lui.

Il se leva et lança :

« Vous avez assassiné ma femme, après quoi vous l'avez mutilée. Expliquez-moi en quoi cela fait partie des nécessités de la guerre. Dans ce cas peut-être que je ne vous tuerai pas. »

Il transpirait, ses mains étaient froides.

Grussmann parut surpris et effrayé. Cependant il ne détourna pas les yeux. Il n'avait pas l'air de se sentir coupable. C'était comme s'il n'avait aucun souvenir de l'événement.

« Non, non, s'empressa-t-il de répondre, il y a erreur. Votre bonne dame n'était pas sur notre liste, je vous assure, *marchese.* »

Voyant la rage qui consumait le marquis, l'autre se leva hâtivement et se retrancha derrière son fauteuil.

« Je n'en savais rien. Ce n'est pas moi qui en ai donné l'ordre. Je vous en prie, écoutez-moi, *signor marchese*. Je n'ai rien fait !

— Mais vous savez qui l'a tuée. Qui que ce soit, vous ne l'avez pas puni. Bien sûr, vous l'avez même sûrement récompensé. N'est-ce pas ?

— Je ne sais pas de quoi vous parlez. Je ne sais rien. Rien ! »

Gardant ses distances avec Carleone, Grussmann exprima son indignation.

« Si la dame a été mutilée, c'est sans doute le fait des partisans. Ils commettaient de telles horreurs afin de pouvoir nous accuser, ne saviez-vous pas ? Nous n'avons rien à voir dans cette affaire, je vous le garantis. Je n'ai rien à voir là-dedans. Ce fut une journée terrible, quand nous avons reçu l'ordre de nous replier. Il aurait pu se passer n'importe quoi.

— Ainsi vous ne savez rien de ce qui s'est passé, mais vous savez quel jour cela s'est produit. »

Carleone serra le poing et lui lança un regard dur.

« Mais vous avez dit vous-même que... » bredouilla l'Allemand.

Il se frappa la tête, exaspéré.

« Je vais devenir fou ! Comment puis-je m'expliquer, quand le passé me revient soudain de manière si absurde ? Je n'ai rien fait du tout ! Et dire que je pensais trouver de l'aide auprès de vous ! C'est indigne, je n'en supporterai pas davantage. »

Il s'était violemment emporté pour cacher son humiliation. Il se dirigea d'un pas majestueux vers l'escalier, puis se retourna, la bouche tordue comme s'il s'apprêtait à cracher, mais se ravisa.

Quel animal ! pensa Carleone avec mépris.

Il poussa un soupir et sa rage s'apaisa un peu.

Eh bien, j'ai fait tout ce que je pouvais pour le mettre en garde, mais je ne regretterai rien s'il s'attire des ennuis. En tout cas pas maintenant. Peut-être y verrai-je plus clairement demain.

Il fixa longtemps l'escalier qui menait à la chambre d'Amanda, mais il avait alors trop de chagrin pour souhaiter la voir.

La promenade fut encore plus embarrassante qu'Amanda ne l'avait redouté. Ses compagnons étaient équipés de pied en cap pour la montagne, vêtus de lourdes bottes. Ils marchaient à un rythme qu'Amanda ne parvenait pas à suivre. Les autres la réprimandaient pour son allure inégale, Grussmann la poussait de temps à autre par l'épaule pour lui indiquer le tempo à suivre. Elle marchait entre les deux hommes les plus âgés. Lisa suivait derrière, encadrée par les femmes qui adaptaient leur pas au sien, de sorte qu'elles ne cessaient de prendre du retard, forçant le groupe de tête à s'arrêter régulièrement pour les attendre. Les deux jeunes hommes, qui portaient les paniers contenant les sandwichs, n'appréciaient guère cette progression peu martiale. Ils avançaient à grandes enjambées loin devant les autres, qui les perdirent bientôt de vue. Ce n'est que lorsqu'ils atteignirent un sentier escarpé longeant un ravin qu'Amanda retrouva une certaine liberté de mouvement.

Elle avait espéré trouver Herr Grussmann légèrement apaisé par le fait qu'elle et Lisa aient finalement accepté de se joindre à eux pour profiter des joies du grand air. Elle s'attendait à des compliments laborieux et des considérations sur les bienfaits de la vie en harmonie avec la nature, mais son guide se montrait taciturne, voire franchement grincheux, et répondait aux remarques polies d'Amanda par de brèves éructations. Il semblait furieux, son visage s'assombrissait à vue d'œil. Amanda se demandait ce qu'elle avait bien pu faire pour mettre cet homme dans un état pareil, et elle regrettait amèrement de n'être pas restée à l'hôtel. Elle ne parvenait pas à se défaire de l'image d'Eduardo traversant la place d'un pas décidé, s'éloignant d'elle sans se retourner, l'abandonnant à sa propre décision. Car c'était bien par choix qu'elle avait délaissé Eduardo pour cette horrible excursion en si déplaisante compagnie. Des bribes de la querelle de la veille lui revenaient sans cesse. Elle n'arrivait pas à croire qu'elle avait pu se comporter de la sorte envers lui, si bon, si noble d'esprit, si cher à son cœur. Eduardo, mon amour, qu'ai-je fait ? songeait-elle. Mon Dieu, n'est-il pas possible de revenir en arrière ?

« Nous voilà dans la forêt de châtaigniers », lui annonça Grussmann alors qu'ils gravissaient péniblement une côte caillouteuse.

Ils arrivèrent sur un méplat planté d'arbres aux feuilles dorées, où les attendaient les deux jeunes hommes.

« Nous cherchons des champignons. C'est la saison des *porcini*[1]. »

---

1. Cèpes. (*N.d.T.*)

Elle avait vu au marché ces énormes champignons spongieux et charnus, aussi gros qu'une assiette, mais à présent, elle était incapable de les reconnaître. Aussi fut-elle soulagée de constater que la cueillette s'avérait infructueuse. Ils ne dénichèrent qu'un seul spécimen, mais n'étaient pas certains qu'il soit effectivement comestible. On décida de le garder pour le montrer au cuisinier.

Après avoir croisé un autre groupe de ramasseurs de champignons, apparemment aussi peu chanceux qu'eux, ils se trouvèrent réellement seuls sur ces hauteurs, sans le moindre être humain en vue. À plusieurs reprises, Amanda avait eu l'impression d'apercevoir quelqu'un derrière eux sur le chemin, toutefois en regardant attentivement, elle ne vit personne. Elle essaya de trouver un interstice entre les arbres par lequel elle pourrait admirer le paysage, qui devait être splendide, mais la végétation était trop dense. Ils continuèrent à grimper à la recherche d'un endroit pour pique-niquer. Vers midi, ils finirent par arriver dans une clairière tapissée d'herbe, où deux rondins couchés côte à côte leur permirent de s'asseoir. On sortit des paniers des bouteilles de bière et de vin, du poulet frit, des sandwichs et des tranches de gâteau. Tous mangèrent ; Lisa grignota une cuisse et sirota un verre de bière, essentiellement rempli de mousse – dans l'effervescence des préparatifs, personne n'avait pensé à emporter de l'orangeade.

Amanda n'avait pas très faim. Malgré son humeur maussade, elle avait apprécié l'effort physique de la marche. Elle était satisfaite d'avoir pu se dépenser, car avec l'inactivité, ses malheurs revenaient la hanter. De plus, l'une de ses bottes commençait à frotter contre son talon, et à présent qu'elle était assise, elle ressentait la brûlure persistante d'une ampoule. Elle toucha à peine à son sandwich, qui consistait en une fine tranche de fromage glissée dans un vaste *panino*. Grussmann la réprimanda, jugeant qu'elle ne se nourrissait pas correctement. Il se montra même franchement irrité quand elle refusa une part de gâteau.

Il comprenait, lui dit-il, qu'elle cherchait à leur faire honte en refusant leur nourriture, qui n'était sans doute pas assez raffinée pour elle. Elle avait eu la même attitude à l'hôtel : elle ne voulait pas boire avec eux, alors qu'elle prenait souvent le café avec cette femme hautaine qui ne leur adressait pas la parole. Et maintenant qu'elle daignait enfin se promener avec eux, elle refusait leur pique-nique.

L'irritation qu'il avait contenue pendant tout le trajet se déversa soudain sur la pauvre Amanda. Celle-ci était tellement en colère contre elle-même qu'elle faillit s'excuser auprès de son hôte irascible. Elle mordit une bouchée de cuisse de poulet, mais ne put l'avaler. Elle se demandait quelle serait la suite des événements, quand il se produisit une diversion surprenante.

Elle n'eut pas peur, en tout cas pas immédiatement. À l'automne, la campagne italienne résonne souvent des coups de feu des chasseurs. Cette fois-ci, on entendit deux coups très rapprochés. Presque simultanément, il y eut deux impacts sur le rondin où elle était assise avec Grussmann, et des copeaux de bois volèrent à quelques centimètres d'elle.

Tout le monde leva la tête, surpris. Grussmann se redressa d'un bond. Il y eut une nouvelle détonation. Lorsqu'il retira son chapeau tyrolien pour l'inspecter, l'Allemand blêmit de stupéfaction : la balle avait traversé son couvre-chef. Les femmes se mirent à crier. Les hommes hurlèrent. Grussmann agita son chapeau percé en l'air, laissant libre cours à sa fureur.

On entendit un nouveau *ping*. Il baissa le bras et s'aperçut avec stupeur que son doigt saignait abondamment. Il ne s'agissait pas d'un accident de chasse : on l'avait visé délibérément.

Amanda protégea Lisa de son corps.

Oh, mon Dieu, se dit-elle, Eduardo m'avait pourtant avertie du danger. Pourquoi ne l'ai-je pas écouté ? Je mourrai s'il arrive quelque chose à Lisa. Eduardo savait que nous courions un risque ; maintenant on nous tire dessus. Comment ai-je pu penser que je maîtrisais la situation ?

Elle ferma les yeux, mais les rouvrit aussitôt. L'une des femmes s'était écroulée au sol, en sanglots. Les hommes tournaient en rond, agitant le poing et hurlant des invectives. Grussmann pâlissait à vue d'œil.

Soudain, un cri retentit sur le versant de la colline d'où ils étaient venus. Deux *carabinieri* apparurent, pistolet au poing. Ils se précipitèrent vers le groupe de promeneurs terrifiés.

« Que s'est-il passé ? » demanda le plus grand, qui portait un insigne de sergent.

Il examina la main ensanglantée et le chapeau percé, mais n'interrogea pas longtemps les hommes présents, lesquels lui répondaient essentiellement en allemand. Les policiers se dirigèrent vers le coin de la clairière d'où étaient parvenus les coups de feu, et disparurent entre les arbres.

Au bout d'une dizaine de minutes, ils revinrent, l'air mécontent. L'officier prit Amanda à part et lui dit qu'elle et sa fille devaient redescendre dans la vallée sous son escorte. Le reste du groupe pourrait rassembler son équipement et s'en retourner avec son subordonné. Personne ne leur tirerait plus dessus. Il se montrait plein de déférence pour Amanda, lui prit le bras pour qu'elle ne glisse pas en chemin, et donna la main à Lisa. Elles étaient heureuses de pouvoir s'échapper, de laisser derrière elles les Allemands qui continuaient de crier et de se répandre en protestations confuses.

« Comment se fait-il que vous ayez été là ? demanda-t-elle au policier. Que faisiez-vous dans cet endroit perdu, en pleine forêt ? »

Ce sauvetage lui paraissait tout aussi incompréhensible que le péril qu'elles avaient encouru. L'officier lui lança un regard curieux et, voyant que son étonnement était sincère, lui dit :

« Ah, je vois... Il ne voulait pas vous inquiéter. Vous êtes une amie du *marchese* Carleone, n'est-ce pas ? C'est lui qui nous a demandé de vous suivre pour veiller à votre sécurité et celle de la *piccinina.* »

Puis se tournant vers Lisa :

« Tu n'as pas peur, petite ?

— Pas vraiment, répondit-elle. Seulement ma mère, si.

— C'est vrai, dit Amanda. Mais ça va mieux. Je suis contente que vous soyez là », ajouta-t-elle à l'attention du *carabiniere.*

Pourtant ses pensées allaient vers Eduardo. Lui aussi serait heureux de la savoir saine et sauve, même après leur dispute. Elle adressa un sourire hésitant au policier. Elle aurait aimé pouvoir pleurer librement.

11

La place aurait dû être vide à l'heure de la sieste, quand Amanda et Lisa, escortées par le sergent, débouchèrent de la ruelle qui descendait vers l'hôtel ; mais un groupe bruyant était amassé devant la mairie. Des visages hostiles se tournèrent vers les marcheuses couvertes de poussière. Le *carabiniere* les emmena directement dans le hall de l'hôtel.

« Le mieux serait de monter dans votre chambre en verrouillant bien la porte derrière vous, conseilla-t-il à Amanda. Je dois aller faire mon rapport au *maresciallo*, mais j'enverrai un homme pour monter la garde devant l'hôtel. Ainsi, vous serez en sécurité. »

Avant qu'Amanda n'ait le temps d'ajouter un mot de remerciement, le policier s'en était allé sur une révérence. Elle resta donc là, assaillie de questions qu'elle aurait aussi bien pu lui poser sur le chemin du retour, s'il ne s'était pas montré aussi peu loquace. Il ne l'avait éclairée en rien. Ses questions au sujet des Allemands recevaient toujours la même réponse :

« *Sono cattivi*, ce sont de mauvaises gens. »

Le silence qui régnait dans l'hôtel désert l'effrayait, ainsi que l'idée d'avoir besoin d'un garde et le souvenir persistant des balles qui avaient sifflé à ses oreilles, de la main ensanglantée, des cris, du chapeau perforé. Ils avaient réellement visé la tête de cet homme.

Elle retira les bottes de Lisa et la mit au lit pour faire la sieste. Elle enleva ensuite ses propres chaussures et pansa son ampoule. Elle regarda par la fenêtre, mal à l'aise. De l'autre côté de la place, deux *carabinieri* montaient la garde devant la mairie. Le groupe s'était considérablement agrandi. Tous semblaient absorbés dans une discussion animée. Un quart d'heure s'écoula. Amanda hésitait à quitter la fenêtre.

Soudain, tous les hommes réunis sur la place tournèrent vivement la tête. Ils se reculèrent pour dégager l'accès à la mairie, et les Allemands firent leur apparition. Suivis par leur gardien à l'allure martiale, ils avaient l'air défaits et furieux. Grussmann protestait haut et fort, agitant sa main droite emmaillotée dans un mouchoir sanglant. Les femmes tremblaient de peur. Lorsqu'ils arrivèrent sur la place, le *carabiniere* les devança pour les aider à traverser jusqu'à l'hôtel de ville, où ils entrèrent par les lourdes portes grandes ouvertes.

Le temps passa. Amanda allait et venait de la porte à la fenêtre ; une véritable foule s'amassait dehors. Quelques femmes observaient la scène du pas de leur porte ou penchées à la fenêtre, mais sur la place il n'y avait que des hommes. Les conversations s'étaient tues. Il régnait à présent une atmosphère tendue, tous semblaient dans l'expectative. L'attente se prolongeait, mais rien ne se produisit. Les hommes fixaient la mairie. Elle décida d'enfiler sa robe de chambre et de s'allonger un moment malgré son anxiété. Elle n'avait reçu aucun message de la part d'Eduardo, et la foule hostile lui faisait peur.

Tout à coup, à l'extérieur, un grognement sourd s'éleva de centaines de gorges, un long râle ponctué de cris de colère. Elle sauta en bas de son lit et atteignit la fenêtre juste à temps pour apercevoir des policiers repousser la masse pressante d'hommes enragés, pour protéger un Grussmann blanc comme un linge, tenant sa main droite enveloppée d'un vrai pansement. Pour la première fois depuis qu'Amanda le connaissait, il avait l'air terrifié. La police battait en retraite. Des pierres commencèrent à voler. Les amis et la famille de Grussmann reculèrent face aux villageois furieux. Un peu en retrait du tumulte, un policier se pencha sur un artisan prostré à terre, et l'aida à se relever. L'homme secoua la tête, sonné, et se frotta la mâchoire. Une dizaine d'hommes se précipitèrent vers lui, l'attrapèrent par les bras et se mirent à crier. Quelqu'un leva les yeux, aperçut Amanda à la fenêtre et la pointa du doigt. Des gens se retournèrent vers elle. Elle se recula et ferma les volets, le cœur battant. Lisa dormait toujours.

Dehors, le tumulte continuait, parfois diminuant, parfois s'amplifiant. On entendait les sifflets de la police. À un moment, des hurlements d'indignation et des bruits de pas s'approchèrent de l'hôtel, avant de disparaître. Inquiète, Amanda enfila une robe et sortit son manteau ainsi que celui de Lisa, au cas où elles auraient à s'enfuir précipitamment.

Environ une demi-heure après le début de l'agitation, on frappa plusieurs coups secs à sa porte. Comme elle s'approchait prudemment de la porte, une voix de femme l'appela par son nom.

« Amanda Lashe. Amanda !

— Qui est-ce ? demanda-t-elle, tremblante.

— Pia. C'est Pia Vanucci. »

Elle déverrouilla la porte d'un geste hésitant. Derrière, elle trouva effectivement Pia, qui l'étreignit chaleureusement et l'embrassa sur les deux joues. Puis elle se recula pour mieux l'observer. Deux nonnes se tenaient derrière elle et observaient la scène. Lorsqu'elles furent toutes entrées, Pia verrouilla la porte derrière elle.

« Ma chère Amanda, j'avais hésité à vous rendre visite, mais vu la situation, il fallait que je vienne vous trouver. Je peux vous héberger au couvent, vous et Lisa. La mère supérieure vous y invite, et je vous conseille d'en profiter.

— Mais comment avez-vous su que j'étais ici ? l'interrogea Amanda, honteuse de ses efforts pour éviter son amie.

— Ma chère, c'est une toute petite ville. Tout finit par se savoir. Les rumeurs nous parviennent jusqu'au couvent, et avec les événements actuels, les nouvelles circulent encore davantage. Heureusement, je me trouvais en ville, chez une amie. Quand j'ai appris que vous vous trouviez impliquée dans cette affaire, j'ai décidé d'intervenir.

— Mais je ne comprends rien à ce qui se passe, fit Amanda, perturbée. On nous a tiré dessus, le saviez-vous ?

— Bien sûr, tout le monde le sait. Tout le monde sait où vous étiez ce matin et avec qui. Le village ne parle que de ça. Voyez-vous, jusqu'à présent, personne n'avait de certitude quant à vos rapports avec ces Allemands, mais maintenant vous êtes définitivement liée à eux. Vous vous trouvez dans une position fort déplaisante. Mieux vaudrait vous éloigner du village tant que les esprits ne seront pas apaisés.

— Que s'est-il passé, dehors ? Je n'ai pas tout vu d'ici. Lisa et moi sommes redescendues de la montagne avant les autres, et nous étions ici quand les gens se sont mis à crier. Quand j'ai regardé par la fenêtre, il y avait un affrontement entre la foule et les policiers. Le capitaine “Grossmann” avait la main bandée.

— Ils ont fait venir un médecin pendant qu'ils l'interrogeaient dans le bureau du maire. Ils l'ont traité humainement, bien que le moment soit mal choisi. Le “capitaine” faisait tout un scandale, mais personne ne s'est montré conciliant. Il est sorti au bout d'une heure, toujours furieux. Sa colère a mis nos hommes en fureur. Et puis il y avait le monument : en sortant du bureau du maire, Grussmann et ses amis devaient forcément passer devant le mémorial. Il est passé devant en gesticulant et il a craché. Un artisan lui a craché dessus. L'Allemand l'a frappé. C'en était trop : le bruit a couru qu'il avait craché sur le monument. La foule voulait le mettre en pièces. La police est intervenue et l'a ramené à l'abri dans la mairie. Sa famille et ses amis ont été escortés de l'autre côté de la place et, malheureusement pour vous, ils sont de retour à l'hôtel.

— Mais pourquoi les villageois en ont-ils après lui ? On lui a tout de même tiré dessus, on *nous* a tiré dessus. Les balles nous ont manquées de peu, Lisa et moi, vous savez ? »

Pia la regarda gravement, et lui dit :

« Vous ignorez vraiment ce qui se passe dans ce village. Je vois. Je ne comprenais pas comment Eduardo avait pu vous laisser partir pour cette excursion ce matin.

— Il ne voulait pas que j'y aille, reconnut Amanda en rougissant.

— J'ai cru comprendre que vous avez beaucoup fréquenté Eduardo, ces derniers jours. C'est un vieil ami, un homme extraordinaire. Mais il me semble que vous vous êtes montrée d'une terrible cruauté envers lui, en acceptant de sortir avec ces gens.

— Qu'ont-ils de si terrible ? J'ai cherché à comprendre ce qui se passe, mais je ne vois vraiment pas. Que représente le mémorial ?

— Eduardo ne vous a donc rien dit ?

— Très peu. Il a mentionné le fait que le capitaine était déjà venu ici et qu'il avait laissé un mauvais souvenir.

— Êtes-vous en train de me dire que, en visitant ce village, vous avez négligé le monument qui se trouve dans la cour de la mairie, celui qui représente un enfant endormi ? Ne l'avez-vous pas observé ? N'avez-vous pas lu l'inscription gravée sur son socle ?

— Je crains d'avoir passé fort peu de temps au village. Je me suis surtout promenée dans les collines. Je connais seulement un peu la place, et la route qui sort du village.

— Alors vous avez été sotte, dit Pia. Pardonnez ma franchise, mais cela ne vous ressemble pas, Amanda, de ne pas avoir pris en compte les sentiments, l'histoire de ce village et de ses habitants. Vous aviez la tête ailleurs, comme une écolière amoureuse, n'est-ce pas ? »

Amanda rougit violemment.

« Les villageois méritent plus d'attention que vous ne leur en avez accordée, poursuivit Pia. Ils ont une histoire tragique. Vous ne devriez pas vous contenter de les voir comme des personnages pittoresques qui peuplent le décor de vos vacances.

— Je ne m'en étais pas rendu compte, mais vous avez raison, répondit Amanda en la regardant droit dans les yeux.

— Le monument a été érigé juste après la guerre. Eduardo lui-même a sculpté la statue il y a près de quinze ans. Cela commémore non pas la disparition d'un seul enfant, mais le massacre de plusieurs dizaines d'enfants par les Allemands quand ils ont évacué le village. Si vous aviez pris le temps de l'observer et de lire les noms qui y sont inscrits, vous vous seriez aperçue qu'il ne s'agit que de femmes et d'enfants – pas un seul homme. Parmi les victimes, vous auriez trouvé le nom de la *marchesa* Carleone, la jeune épouse d'Eduardo. Elle était charmante. Elle s'appelait Stella. C'était la mère des deux enfants d'Eduardo. Elle a été assassinée par l'homme avec qui vous vous promeniez ce matin.

— Oh, non ! s'écria Amanda, pâle de terreur. Pourquoi ne m'a-t-il rien dit ? Je ne comprends pas. C'est épouvantable.

— Peut-être souhaitait-il vous épargner les détails, répondit Pia durement. Non seulement votre compagnon de marche l'a tuée, mais il lui a coupé les seins avant d'abandonner son corps mutilé sur la colline. C'est ce qu'a découvert votre ami le *marchese* ce jour-là, ce avec quoi il doit vivre. »

Amanda resta muette. Elle tremblait.

« Qu'est-ce qu'il y a, maman ? demanda Lisa qui s'était réveillée. Qui a tué la femme du marquis ? Pourquoi il l'a découpée ?

— Je crois que nous sommes tombées sur des gens très méchants, lui répondit Amanda. Ça s'est passé il y a très longtemps, avant ta naissance, mais c'est le genre de chose dont on se souvient toute sa vie.

— Vous pouvez être sûre qu'ici personne n'a oublié, affirma Pia. Revenir était un véritable affront de la part de Grussmann. Il est en danger depuis qu'il est arrivé. Pour Eduardo, le simple fait de le voir était une torture. Mais vous devez savoir que c'est lui qui a empêché les villageois de se venger depuis le retour du capitaine. Les autorités ne contrôlaient plus la situation. C'est par respect pour le marquis que les villageois se sont abstenus de prendre leur revanche. Il leur a demandé d'épargner la vie de cet homme.

— Comme il est bon ! s'exclama Amanda, les larmes aux yeux. Il a essayé de m'épargner toutes ces horreurs. J'aurais dû m'en apercevoir. Comment ai-je pu être aussi aveugle, aussi stupide ?

— Le capitaine est réellement en danger, à présent qu'on a attenté à sa vie. Il a encore aggravé la situation en frappant cet homme. Ce qui s'est passé au mémorial – je ne le crois tout de même pas assez stupide pour avoir craché sur le monument – sera repris et exagéré. Et on ne lui pardonnera pas sa violence envers un homme qui ne l'avait pas touché. Lui et ses amis courent un grand danger. Vous aussi, Amanda. Estimez-vous heureuse qu'on vous ait raccompagnée ici séparément.

— Je me rends bien compte de la chance que j'ai eue.

— Eduardo essayait précisément d'éviter les événements qui ont eu lieu cet après-midi. Mais il a échoué, et vous vous y êtes trouvée mêlée. Allons, faites un sac pour un jour ou deux et suivez-moi. La protection des sœurs sera plus efficace que celle des *carabinieri*.

— Oh, mon Dieu ! fit Amanda. J'aimerais pouvoir venir avec vous, mais je crains que ce ne soit impossible. Je ne crois pas... » bredouilla-t-elle.

Elle se rendait compte qu'il lui fallait absolument voir Eduardo avant de quitter l'hôtel, mais elle ignorait s'il accepterait de lui parler. Il n'y avait pas moyen de lui faire parvenir un message.

« Laissez-moi y réfléchir un peu, chère Pia. Lisa et moi viendrons plus tard dans l'après-midi. »

Pia comprit son hésitation.

« Laissez-moi au moins emmener Lisa, insista-t-elle. Elle sait que nous sommes amies, elle ne se sentira pas perdue. Si vous devez prendre des risques pour des raisons personnelles, vous ne pouvez pas l'exposer au danger.

— Tu veux bien partir avec la *signora* Vanucci, Lisa ? lui demanda sa mère. Tu visiteras un couvent où il y a beaucoup de sœurs, et tu passeras la nuit là-bas.

— D'accord, répondit Lisa, conciliante. Tu viendras bientôt ?

— Je te le promets. Maintenant va te débarbouiller, enfile ta robe et ton manteau, je vais préparer tes affaires.

— Venez avant la nuit, et faites-vous accompagner par quelqu'un de l'hôtel, dit Pia. Je vous conseille de profiter de mon invitation aussi vite que possible, mais je vois que vous avez d'autres obligations. Ne tardez pas trop. Et pardonnez-moi si je me suis montrée un peu brusque. Je ne savais pas à quel point vous ignoriez tout de cette ville. »

Dans une ruelle près des remparts, le vieux Guido rencontra Luca le Lézard, qui avait l'air fort satisfait. En apercevant le vieil homme, il tâcha de prendre l'air innocent. Mais Guido l'arrêta.

« Tu as manqué à ta parole. Il n'était pas question de lui tirer dessus. Qui sait dans quel enfer cela va nous mener ?

— C'était un accident, se défendit Luca. Je n'avais pas l'intention de lui faire de mal.

— Qu'est-ce qui t'a pris de laisser Niccolò les suivre, ce matin ?

— Qui dit que c'était Niccolò ?

— Qui d'autre cela pourrait-il être ? Qui d'autre que lui réussirait à percer un chapeau sans toucher la tête ? Il est évident qu'il est derrière tout ça.

— Tout le monde est au courant ?

— Oui, tout le monde. Croyait-il que ça passerait pour un accident de chasse, après avoir tiré deux coups pour ajuster son tir ? Seulement, tout le village se demande pourquoi il lui a tiré sur le doigt, s'il voulait le tuer.

— Cet imbécile a agité son chapeau en l'air. Ça n'était pas prévu. Il devait y avoir un ou deux coups de feu pour ajuster le tir, puis un pour trouer son chapeau. Juste de quoi lui flanquer la frousse.

— Alors en le voyant agiter son chapeau, Niccolò s'est dit « deux trous », et il a eu sa main, c'est ça ?

— Oui. Mais les doigts qui tenaient le chapeau n'étaient pas visibles.

— Cet abruti n'a pas réfléchi trente secondes qu'il devait bien y avoir des doigts ?

— Niccolò est contrarié de voir sa réputation ainsi ternie. Il aurait dû viser la tête, un point c'est tout.

— Luca, c'est irresponsable de ta part d'avoir organisé cela. Tu sais très bien que ton frère est incontrôlable quand on lui laisse la bride au cou.

— C'est vrai, *amico mio*, c'est vrai. Mais les circonstances étaient fort difficiles. Le temps passait, et il devait rester passif. Or, mon frère a un talent particulier. Il est très difficile de le contrôler quand on lui interdit de l'exercer. La chose telle que nous l'avions prévue aurait dû être indolore. Pense un peu à l'effet que cela aurait eu sur ce *porco* ! Seulement, il y a eu un petit incident.

— Tu as manqué à la parole que j'avais donnée au *marchese*. Comment oses-tu me faire ainsi honte ?

— C'était un accident, je le jure. Cela te déplaît-il tellement que les hommes soient en colère ?

— Niccolò sera poursuivi au tribunal.

— Vraiment, tu crois ? » demanda Luca avec un sourire mauvais.

À présent qu'elle était seule, Amanda trouvait sa chambre sinistre. Le temps passait avec la lenteur d'un homme qui traverse un marécage. De la *piazza* lui parvenait par intermittence le bruit de l'émeute. Par deux fois elle entrouvrit les persiennes pour observer la marée de têtes et d'épaules qui s'agitait en bas. Un cordon de *carabinieri* protégeait la mairie. Les voix étaient menaçantes, mais elle se rassura en pensant que quelqu'un montait la garde devant l'hôtel. Malgré les cris devant ses fenêtres, elle ne pouvait se concentrer sur le danger qui la menaçait.

Lorsqu'elle entendit frapper à la porte de sa chambre, qu'elle reconnut la voix d'Eduardo appeler son nom, Amanda fut tellement surprise que, l'espace d'un instant, elle refusa d'y croire. Elle se ressaisit et courut ouvrir. Elle essayait vainement de trouver ses mots pour s'excuser. Il entra d'un pas confiant. Ni son attitude ni son visage n'indiquaient le reproche. Il la saisit par les épaules et l'embrassa.

« Dieu merci, vous êtes saine et sauve, dit-il. Pardonnez mon retard. Ce que j'ai accompli relève du miracle. Quelle journée !

— Qu'y a-t-il ? demanda-t-elle, soulagée du répit qui lui était accordé. Est-ce que tout va rentrer dans l'ordre ?

— Cela dépendra de vous, répondit-il en la fixant du regard. Mais d'abord, écoutez donc le récit de mes exploits. Je suis allé travailler sur la route, là où a eu lieu l'éboulement. C'est l'un des avantages d'avoir dirigé des projets d'ingénierie : je peux accomplir en quelques jours ce qui prendrait plusieurs mois à d'autres. J'ai envoyé des instructions détaillées au technicien qui est venu il y a deux jours, ainsi qu'une lettre adressée au chef de la compagnie téléphonique, qui est un vieil ami à moi – sans quoi la chose aurait été strictement impossible. Toujours est-il que nous avons réussi à faire passer une ligne provisoire, de sorte que nous pouvons à nouveau communiquer avec le monde extérieur !

— Bravo ! s'écria Amanda, étonnée de l'enthousiasme enfantin d'Eduardo.

— Je reviens tout juste du poste de police. Nous avons pu contacter Florence, et d'ici trois heures nous recevrons de l'aide pour maîtriser la situation. »

Il la regarda gravement et ajouta :

« J'ai appris que vous aviez failli être blessée. *Dio mio*, j'aurais dû vous garder enfermée dans un placard ! »

Malgré la raillerie, il semblait sincèrement soulagé.

« Il aurait mieux valu, dit-elle, penaude. Je mérite ce qui m'est arrivé. Je sais que c'est vous qui avez envoyé les *carabinieri* pour nous protéger. Heureusement, Lisa n'a pas eu peur. J'étais terrifiée.

— À ce propos, où est-elle, demanda-t-il en regardant autour de lui, soudain inquiet. Il ne lui est rien arrivé, au moins ?

— Elle est au couvent. Pia Vanucci l'a emmenée avec elle. Elle était au village quand l'émeute a commencé, et elle s'est dit que nous... Je veux dire que Lisa n'était pas en sécurité à l'hôtel.

— Vous avez envoyé Lisa à l'abri, mais vous êtes restée ? »

Le regard affectueux qu'il lui adressa indiquait qu'il comprenait ses motivations.

« Elle m'a appris beaucoup de choses. J'ai dû reconsidérer la situation. Il fallait que je vous voie, alors j'ai attendu.

— J'en suis ravi. Il faudra que je remercie Pia. Mais à présent, c'est moi qui m'occuperai de vous. Vous viendrez loger à la villa.

— J'ai promis à Lisa que j'irai la voir au couvent avant ce soir.

— Ne craignez rien, nous enverrons quelqu'un la chercher. Dorénavant, je veux vous avoir près de moi. Je ne vous laisserai plus vous échapper. »

Amanda se sentait dépassée par les événements. La disparition brutale de ses craintes la perturba presque autant que ses mésaventures de la journée.

« Et votre sœur ?

— C'est l'une des raisons pour lesquelles je me suis efforcé de restaurer la ligne téléphonique. J'ai appelé quelqu'un à Florence. Une voiture viendra la chercher de l'autre côté de l'éboulement. Il est grand temps qu'elle s'en aille, et elle le sait. Elle ne sera pas surprise. La voiture devrait arriver dans une heure. Je l'accompagnerai pour m'assurer qu'elle parte bien. Hier déjà, il y avait un sentier praticable pour descendre. Je vais me rendre à la maison pour lui dire de préparer ses valises. Je lui dirai également que nous allons nous marier et que je vous emmènerai dans votre nouvelle maison ce soir même, loin des dangers du village. Êtes-vous d'accord ?

— Vous souhaitez que nous nous marions ? »

Il la regarda avec sérieux.

« À moins que vous n'en décidiez autrement, oui.

— Je ne suis pas certaine d'être bien qualifiée pour le poste, répondit-elle avec malice. J'ai fait tellement d'erreurs stupides.

— Je prends le risque », répondit-il en souriant.

Puis il ajouta :

« À présent, voici ce que vous allez faire jusqu'à mon retour. L'hôtel est surveillé par le *maresciallo*, vous y serez en sécurité. Cependant, vous devrez verrouiller la porte derrière moi. Ne l'ouvrez sous aucun prétexte – à personne – jusqu'à mon retour. C'est compris ?

— Oui.

— Je vais tout droit à la villa. Je donnerai une demi-heure à Elvira pour faire ses valises. Deux bonnes l'aideront, cela suffira. Ensuite, un ou plusieurs de mes hommes descendront avec moi pour porter ses valises jusqu'à la voiture. Nous reviendrons ici, et emmènerons à la villa les vêtements dont vous aurez besoin pour la nuit. Les bonnes reviendront demain pour emporter le reste de vos affaires.

— Je regrette que vous deviez partir.

— Moi aussi, ma douce, mais ce ne sera pas long. Dans un peu plus d'une heure, votre chambre sera prête, Elvira sera en route pour Florence et je serai de retour. Si je mets plus d'une heure et demie, vous saurez que je me suis cassé une jambe dans ma précipitation. »

Lorsqu'il fut parti, Amanda commença à rassembler quelques vêtements, sa brosse, son peigne, sa trousse de toilette. Elle ne se sentait pas légère, mais retenait intérieurement son souffle, suspendue. Et si elle lui faisait encore du mal ? Eduardo avait été blessé dans son corps et dans ses émotions les plus profondes, mais n'en portait aucune trace. Il paraissait plus solide qu'elle, plus serein. Il était plus âgé. Ils ne partageaient pas la même culture ; cela créerait sans doute des difficultés. Il était beau de corps, de visage et d'esprit. Son mari, pensa-t-elle avec étonnement, son amour, avec sa légère claudication, ses magnifiques yeux bleus qui s'éclairaient quand il riait, s'assombrissaient face à l'injustice, mais se montraient passionnés en amour.

Elle était absorbée dans sa rêverie, lorsque soudain un bruit étrange la ramena à la réalité.

La poignée de sa porte était en train de tourner très lentement. Elle sursauta. Un rapide coup d'œil la rassura : le verrou était tiré. Son cœur battait cependant à tout rompre. Elle regarda la poignée horizontale achever sa course vers le bas, revenir puis redescendre. Elle s'approcha sur la pointe des pieds, tel un oiseau hypnotisé par un serpent. La poignée s'agita encore quelques instants, puis un murmure rauque parvint de l'autre côté de la porte.

« Ouvrez-moi. Vite, je dois entrer. »

Une pause.

« Je sais que vous êtes là. Ouvrez, Amanda ! »

Une heure ne s'était pas encore écoulée. Le cœur d'Amanda battait la chamade. Eduardo lui avait dit de verrouiller la porte, il ne se serait pas acharné ainsi sur la poignée. Il n'aurait pas parlé aussi bas. À moins qu'il ne fût blessé... Non, même blessé il ne se serait pas comporté ainsi. Il n'aurait pas eu besoin de dire « Je sais que vous êtes là. » Le râle reprit.

« Ouvrez. Ouvrez ! »

Puis la voix fut entrecoupée de sanglots, avant de marteler son nom.

« Amanda, Amanda, Amanda. »

On commença à gratter à la porte, puis à frapper violemment. Amanda comprit qui était de l'autre côté. Elle ne devait à aucun prix la laisser entrer.

La voix s'amplifia, grognant des phrases souvent inintelligibles.

« Il ne vous aura pas, vous m'entendez ? Il ne vous aura jamais !... Vous m'avez trompée. Ah, tu vas comprendre. Fais bien attention à moi, tu ne sais pas à qui tu as affaire... *Oddio*, c'est insupportable. Il ne vous épousera pas. Je l'en empêcherai, ce sale calculateur. Tu ne l'auras jamais. Je vais t'apprêter pour ton mariage ! »

Les coups reprirent.

« Ouvre-moi ! »

Silence. Puis la voix reprit, enjôleuse cette fois, détachant clairement chaque mot :

« Chère Amanda, belle Amanda, pardonnez-moi de m'être emportée. Je suis votre amie, Amanda. Laissez-moi entrer, et je vous en dirai plus. Je caresserai vos jolis cheveux. A-man-da ! »

Il y eut un long silence. Amanda ne tremblait plus. Elle demeura immobile, glacée. La voix continua à marmonner pendant un long moment, toutefois jamais assez fort pour que quelqu'un d'autre que la jeune femme puisse l'entendre. Elle se faisait tour à tour suppliante et menaçante, mais les coups avaient cessé. Finalement, sur un ton de dépit, elle lâcha :

« Très bien, n'ouvrez pas. Restez là à me narguer ! Vous croyez pouvoir attendre ici qu'il vienne vous chercher, mais je peux arranger ça. Il me fait confiance. Savez-vous qu'il m'attend là-haut ? Il croit pouvoir me renvoyer à Florence. »

Elle eut un petit rire.

« Eh bien restez, restez ! Vous me forcez à aller m'occuper de lui en premier. Venez le chercher d'ici une heure, et vous comprendrez votre erreur. Je veux juste entrer pour vous parler, rien de plus. Mais vous refusez même de me répondre. »

Elle secoua violemment la porte.

« Très bien. Vous l'aurez voulu ! Je n'avais pas l'intention de lui faire de mal, je voulais juste vous faire belle pour lui. Ce sera de votre faute. »

Puis le murmure rauque reprit :

« Quel idiot, il ne se doute de rien, car je veille sur lui. Il n'est pas pour toi, sale petite traînée. Viens à la villa dans une heure, tu verras si tu peux encore l'épouser, s'il est encore en état de faire de toi une *marchesa.* »

Un long silence.

« Je m'en vais à présent, fit la voix. Ton tour viendra, je te le promets. Mais maintenant, à lui. Tu ne peux rien faire pour le sauver. Comme c'est drôle ! Au revoir Amanda. Dis-lui au revoir aussi. »

Silence.

« Quand je serai partie, tu pourras lui dire adieu. Adieu Amanda. »

Il n'y eut plus aucun bruit. Amanda colla son oreille contre la porte, à l'affût de bruits de pas. Mais elle n'entendit rien, ni le son de talons contre le sol, ni le froissement de vêtements. Impossible de se méprendre quant aux divagations de cet esprit tourmenté, aveuglé par la douleur. Il fallait absolument qu'elle parvienne à joindre Eduardo.

Le problème immédiat était qu'Elvira risquait de l'attendre dehors, tapie dans le couloir, comptant sur l'inquiétude d'Amanda pour la faire sortir. Être fou n'empêche pas d'être rusé. En disant au revoir, elle avait trop insisté sur le fait qu'elle s'en allait. Peut-être lui tendait-elle un piège. Dans ce cas, la seule chose à faire était de rester complètement silencieuse pendant cinq ou dix minutes, le temps que la folle abandonne et s'en aille. Ne pas tomber dans le piège. Ne pas faire grincer le parquet, afin qu'elle doute qu'il y ait effectivement quelqu'un dans la pièce. Après tout, elle n'avait pas la certitude qu'Amanda soit dans sa chambre.

Si Elvira n'était pas là, alors Eduardo se trouvait en danger à la villa, sans personne pour le prévenir de se méfier. Si elle ne se tenait plus dans le couloir, c'est qu'elle était déjà en route.

En revanche, si Amanda ouvrait la porte et qu'Elvira la guettait... La peur l'envahit. De plus, Eduardo lui avait bien recommandé de n'ouvrir à personne et de rester là. Elle ne pouvait pas lui désobéir une seconde fois. Elle commençait à paniquer, ne sachant que faire.

Soudain, Amanda reprit confiance, son esprit s'éclaircit. Quoi qu'il arrive, elle devait sauver Eduardo, le mettre en garde. Ils étaient mari et femme à présent, une seule et même chair. Elle ne pouvait lui faire défaut. Il fallait tirer sur le cordon pour appeler quelqu'un. À cette heure-ci, seul Dante serait de service. Elle avait déjà laissé passer cinq minutes, et il mettait toujours au moins autant de temps à répondre quand on le sonnait. Dans sa frénésie, Elvira n'aurait jamais la patience d'attendre dix minutes. Si elle était encore là quand Dante arrivait, Amanda les entendrait parler. Mais dans ce cas, Elvira saurait qu'elle était là. C'était un risque à prendre. Elle tira trois coups secs sur le cordon, puis encore trois pour que Dante sache que c'était sérieux. Sur la pointe des pieds, elle marcha jusqu'à la fenêtre, entrouvrit les volets et regarda dehors. La foule était toujours massée devant la mairie, et quelques personnes s'étaient rassemblées devant l'hôtel. Le balcon bouchait la vue sur la porte d'entrée : Amanda ne pourrait donc pas voir Elvira quitter l'hôtel, car la ruelle qui menait vers la villa était également invisible.

Cinq minutes s'étaient écoulées depuis ses coups de sonnette. Dix avaient passé depuis le départ d'Elvira. Pour une raison ou pour une autre, ce laps de temps lui semblait significatif. Comme rien ne bougeait et que Dante ne se manifestait toujours pas, elle céda à son impatience. Elle se dirigea de nouveau vers la porte et tourna le verrou avec une lenteur extrême. Le pêne sortit de sa gâche en faisant entendre un bruit de frottement. Amanda attendit. Puis elle entrouvrit la porte, prête à la refermer aussitôt. Au bout d'un moment, elle passa la tête par l'entrebâillement. L'endroit était aussi désert que Pompéi.

12

Elle verrouilla la porte derrière elle, empocha la clé et se dirigea vers l'escalier à pas de loup. Amanda n'avait aucun plan précis à part contacter le *maresciallo*, l'ami d'Eduardo. Du pied de l'escalier, elle vit le dos d'un *carabiniere* dans l'embrasure de la porte d'entrée. Elle se sentit rassurée. Soudain, elle aperçut le téléphone posé sur le bureau de la réception.

Le téléphone fonctionnait. Elle pouvait donc appeler la villa ! Si elle parvenait à joindre Eduardo, il prendrait la situation en main. Il y avait un annuaire à côté du combiné. Elle le consulta et donna le numéro à l'opératrice. Elle entendit la tonalité, mais personne ne répondait. Elle réessaya, hélas son appel sonna de nouveau dans le vide. Il ne se trouvait pas dans la maison. Il semblait même n'y avoir aucun serviteur. C'était étrange. Elle devait appeler la mairie.

« Passez-moi le bureau du *maresciallo* je vous prie. Vite, c'est une urgence.

— Son poste est occupé. Il a déjà reçu un appel urgent.

— Dans ce cas essayez de nouveau le numéro du *marchese* Carleone. »

Elle laissa sonner un long moment puis rappela à la mairie, où on lui dit que le *maresciallo* était en ligne avec Florence.

La frustration commençait à irriter Amanda. Le silence à la villa l'effrayait. Elle observa le dos du *carabiniere* à l'entrée. Peut-être pourrait-elle le convaincre de l'aider à traverser la place pour aller chercher du secours à la mairie. Lorsqu'elle s'approcha pour lui parler, il se montra inflexible. Il était de service, il ne pouvait pas quitter son poste. De plus, on avait ordonné à la *signora* de rester dans ses quartiers. Elle se mettait en danger en s'approchant ainsi de la sortie. Personne ne devait pouvoir l'approcher.

« Mais quelqu'un est venu me trouver ! »

Le garde fut d'abord étonné, puis s'indigna.

« Personne n'aurait pu s'approcher de vous. Qui était-ce ? »

Elle ne pouvait pas lui dire qu'il s'agissait de la *marchesina*, cela ne l'aiderait pas.

« Quelqu'un a frappé à ma porte en criant des menaces. »

Le *carabiniere* la regarda d'un air sceptique.

« Êtes-vous certaine de ne pas l'avoir imaginé, *signora* ? Peut-être quelqu'un de l'hôtel est-il venu frapper à votre porte. Comme vous avez eu peur, vous exagérez l'incident.

— Je ne suis pas stupide au point d'inventer un incident, répondit Amanda aussi calmement que possible.

— Si l'on vous a menacée, pourquoi avez-vous quitté votre chambre ? Pourquoi avoir pris le risque de descendre ici toute seule ? Ça n'est pas très malin. À présent, vous devez retourner dans votre chambre. Je ne peux pas quitter mon poste pour vous raccompagner. Vous vous êtes conduite de manière fort irresponsable, *signora*.

— Les menaces ne s'adressaient pas qu'à moi, insista-t-elle. Quelqu'un d'autre est en danger. Vous devez me croire. Je vous en prie, accompagnez-moi chez le *maresciallo*. Je dois lui parler immédiatement.

— La *signora* sait bien que je ne peux pas quitter mon poste.

— Que puis-je faire ? persista-t-elle. Pourriez-vous faire signe à l'un de vos collègues devant la mairie de venir prendre un message ? Faites savoir au *maresciallo* que le *marchese* Carleone va se faire attaquer chez lui. Il faut envoyer des hommes pour le protéger ! »

Le garde, impassible, la traita avec la patience que l'on réserve à un enfant capricieux.

« Pardonnez-moi, *signora*, mais vous êtes une étrangère ici. Je peux vous assurer que vous vous trompez. Le *marchese* ne court absolument aucun danger. C'est vous qui êtes en danger, et mon rôle est de vous protéger. Je vous demanderais de me laisser faire mon devoir. »

Le mot « étrangère » lui causa un choc, mais lui fit en même temps prendre conscience de sa nouvelle position à Rocca al Sole. Elle dit avec autorité :

« *Carabiniere*, je suis la fiancée du marquis. Je vous donne un ordre que le *marchese* vous aurait donné s'il avait été ici. »

Le regard du jeune homme trahit un certain respect, mais il ne lui donna pas satisfaction pour autant.

« *Signora*, si la chose était possible, je transmettrais votre message.

— Que pouvons-nous faire, alors ?

— Je vous assure que si je parviens à trouver quelqu'un de disponible, je ferai passer le message. Je ne peux rien vous promettre. Essayez de comprendre. »

Amanda se détourna soudain de lui. Il ne restait qu'une chose à faire : se rendre elle-même à la villa. Elle devrait sortir discrètement de l'hôtel, aussi loin que possible du regard de la foule en colère. Il existait sans doute une autre porte du côté de la cuisine, qui donnait sur la ruelle menant à la porte du village. Il y avait peu de chances qu'on la remarque si elle s'esquivait par là. De plus, le jour déclinant jouait en sa faveur : il faisait déjà presque nuit. Elle se faufila dans le couloir qui menait aux cuisines. Amanda se retrouva dans une arrière-cour où étaient empilés des sacs et des bonbonnes dans des paniers en osier. Un porche s'ouvrait sur la rue. Contre le mur, un châle de paysanne était suspendu au bout d'un manche à balai. Elle s'en empara et le mit sur sa tête.

Un regard en direction de la place lui indiqua que personne ne faisait attention à elle. Amanda s'élança dans la ruelle, tenant son châle sous son menton. L'obscurité commençait à envahir l'allée ; entre ses murs, les ombres s'allongeaient déjà jusqu'à la nuit. Sous ses pieds, les pavés étaient inégaux. Plus loin, une lueur indiquait qu'un réverbère était allumé au coin de la rue. Elle devait seulement se tenir éloignée des porches et des zones d'ombre, rester au milieu de la rue. Elle poursuivit son chemin aussi rapidement et silencieusement que possible. Tous les volets étaient clos, les portes verrouillées, les habitants partis vers la place. Le rideau du petit café où elle se rendait le matin était baissé.

Elle se souvint des mots d'Eduardo : « Si je mets plus d'une heure et demie, vous saurez que je me suis cassé une jambe dans ma précipitation. » Peut-être s'était-il effectivement cassé la jambe, ou le cou. Elvira pouvait l'avoir surpris.

Amanda courait à présent.

Lorsque le chemin s'assombrit, passant sous des auvents et des arches, Amanda hésita. Inutile de se précipiter. Elle attendit que ses pupilles s'adaptent à l'obscurité. En levant les yeux, elle aperçut le ciel, qui formait une bande un peu plus claire au-dessus d'elle. La ruelle continuait de grimper.

Finalement, devant elle se trouva la route qui menait à la villa, et à droite celle qui conduisait au couvent. Lisa l'attendait mais on s'occupait d'elle. Elle se dirigea sans hésiter vers le manoir. Elle se sentait beaucoup mieux à présent qu'elle pouvait distinguer les murs, les arbres et les talus. En haut de la côte, elle aperçut la ligne noire que formait l'allée de cyprès et, au bout, le portail de la propriété. Quand elle l'atteignit, les grilles étaient fermées à clé mais la petite porte de service en bois était ouverte. Elle s'y introduisit avec précaution. Tout était calme. Même les cyprès bougeaient à peine. Elle remonta l'allée jusqu'à la villa. Elle s'arrêta, soudain soulagée : la lumière de l'atelier était allumée.

À la villa, Eduardo avait arpenté le salon en attendant sa sœur. Trois quarts d'heure s'étaient écoulés, et elle n'avait toujours pas daigné sortir de sa chambre. Dans le village qu'il distinguait par les hautes fenêtres, il vit un réverbère s'allumer. Il ferait sombre quand ils descendraient jusqu'à la voiture, et Amanda l'attendait. Il devrait s'arrêter à l'hôtel sur le chemin pour la prévenir de son retard afin qu'elle ne s'inquiète pas. Cette attente était absurde : Elvira le faisait exprès, mais il avait décidé de faire preuve de patience. Elle avait très mal accueilli la nouvelle de ses projets de mariage. Il n'avait pas pensé que cela lui ferait un tel choc, bien qu'il eût pu le prévoir, après sa crise de jalousie le jour où Amanda était venue déjeuner. Malgré tout, songeant que sa sœur avait fort peu revu Amanda, il se rassura en se disant qu'elle avait fini par oublier ce ressentiment. Les seules fois où Elvira avait trompé sa vigilance et s'était rendue à l'hôtel pour prendre le café avec Amanda, celle-ci ne s'en était pas plainte. Cependant, il se remémora avec impatience les longues listes de griefs que sa sœur lui avait imposées, les scandales qu'elle ne manquait jamais de provoquer malgré la courtoisie dont il faisait invariablement preuve à son égard. Mais sa patience avait des limites, et elles avaient été atteintes : il devait donc, comme il l'avait déjà fait plusieurs fois, la bannir de chez lui.

Il avait suffisamment attendu. Cette fois-ci, elle s'en irait, que ça lui plaise ou non. Il sonna son majordome et lui dit d'informer la *marchesina* que ses valises seraient descendues immédiatement. Paolo servait à la villa depuis l'époque du vieux *marchese*. C'était un homme calme et fidèle. C'est lui qui avait supervisé les agréables déjeuners qui avaient été servis à l'atelier au cours des dernières semaines. Il était parti depuis moins de cinq minutes lorsqu'il revint, affolé. On descendait à l'instant les valises de la *marchesina*, mais celle-ci demeurait introuvable. Elle n'était pas dans ses appartements, Paolo l'y avait cherchée lui-même. Il avait envoyé les bonnes et les serviteurs la chercher dans toute la maison.

« Fouillez tous les bâtiments », lui ordonna Carleone.

Lui-même parcourut les pièces adjacentes du bâtiment principal, allumant toutes les lumières et appelant sa sœur. Lorsqu'il fut certain qu'elle ne se trouvait pas dans la maison, Carleone envoya serviteurs et jardiniers fouiller le parc, tandis qu'il passait en hâte quelques coups de téléphone. Il essaya d'abord d'appeler l'hôtel, mais personne ne décrocha. Il ne semblait y avoir personne à la réception. Il essaya ensuite de joindre Talenti pour lui demander de renforcer la garde devant la porte d'Amanda et de lui signaler s'il apercevait la *marchesina* – même s'il lui semblait peu probable qu'elle soit descendue dans la direction où lui-même voulait l'emmener. Impossible d'être mis en relation avec la mairie : Talenti était en ligne avec Florence. Ensuite, il appela le couvent et dit à Pia de rassurer Lisa quant au retard de sa mère : il s'occupait d'Amanda et ils arriveraient bientôt. Ensuite, il siffla son chien et sortit aider aux recherches dans le parc.

La question était de savoir où Elvira avait pu aller. Apparemment, elle avait décidé de se cacher jusqu'à ce qu'il soit trop tard pour la renvoyer à Florence. Dans ce cas, impossible de savoir où elle se terrait. Il y avait peu d'espoir de la retrouver en pleine nuit. On passa les jardins au crible, puis Carleone envoya les hommes encore plus loin dans le parc. Toujours aucune trace d'Elvira.

L'inquiétude de Carleone s'accrut. Il savait que sa sœur était bouleversée. Quand il lui avait annoncé qu'elle devrait partir et qu'Amanda viendrait habiter à la villa, il ne s'attendait pas à une réaction aussi violente de sa part. Son visage s'était contracté en une grimace et ses yeux s'étaient enflammés sous l'effet de la fureur. Elle avait gémi avant de lâcher une phrase obscène et de courir se retrancher dans sa chambre. Cependant, sa colère paraissait dirigée contre Eduardo, et non contre Amanda – c'est du moins ce qui lui avait semblé sur le moment. Et si elle était descendue au village ? Il se rassura en se disant qu'Amanda était en sécurité enfermée dans sa chambre, avec un garde à la porte de l'hôtel.

À présent, il descendait à grands pas l'allée de cyprès en direction du portail, avec cette légère claudication dont il ne se déferait jamais. Mieux valait s'assurer que sa fiancée se trouvait en sécurité. Tant qu'Elvira rôdait, Amanda ne serait plus à l'abri au couvent. Dans ce cas, il lui fallait avertir les sœurs. Elvira ne devait pas approcher Amanda tant qu'elle était dans cet état.

Le feuillage des cyprès bruissait au-dessus de la tête d'Eduardo. La lueur de sa petite lampe électrique jouait sur leurs troncs massifs, révélant parfois une bande de pelouse visible dans les interstices. Le faisceau de la torche renforçait les ténèbres autour de lui. Il ne distinguait plus que les étoiles entre la cime des arbres.

Le portail se dressait devant lui. Environ trente mètres avant de l'atteindre, il ralentit l'allure et scruta l'obscurité avec un certain soulagement. Le jeu de cache-cache était terminé : quelqu'un se tenait dans l'atelier, la lumière était allumée. Carleone entendit le caniche aboyer frénétiquement, puis un cri. Il se mit à courir.

Alors qu'Amanda se précipitait vers l'atelier, Gianni déboula de l'allée. Le chien jappa joyeusement, lui lécha les mains et se mit à danser autour d'elle. La présence de l'animal la réconforta : cela signifiait qu'Eduardo n'était pas loin. Gianni s'engouffra dans l'atelier en même temps qu'elle. Mais à peine eut-elle franchi le seuil qu'Amanda s'immobilisa net. Elle poussa un cri, qu'accompagnèrent aussitôt des aboiements furieux. Du fond de la pièce provenait le bruit strident d'une lame qu'on aiguise. Elvira, penchée au-dessus de la meule, était en train d'affûter maladroitement un couteau à double poignée qu'elle avait sélectionné parmi les outils. Son apparence était grotesque, avec ses vêtements en désordre et ses cheveux ébouriffés. Elle leva les yeux et fixa Amanda d'un regard inexpressif. Puis elle dit d'une voix neutre :

« Alors vous êtes venue. Je le savais.

— Où est votre frère ? répondit Amanda, parfaitement lucide.

— Vous n'avez rien à faire avec mon frère, rétorqua Elvira sur le même ton neutre. C'est votre tour à présent. Savez-vous comment est morte sa Stella ? Tout le monde a cru que c'était l'œuvre des Allemands. Mais c'était la mienne. À présent, préparez-vous. Ouvrez votre chemisier, je dois me mettre au travail. »

Elvira s'avança vers Amanda. Celle-ci était demeurée pétrifiée, incrédule. À présent, elle tentait de s'échapper, mais le chien affolé lui barrait la route. Dans sa course, elle trébucha sur l'animal et s'étala de tout son long. Une silhouette masculine se découpa soudain dans l'embrasure de la porte. Eduardo avait tout écouté, stupéfait. Il enjamba Amanda et s'interposa entre les deux femmes. Il n'avait pas d'arme, pas même un bâton. Il lâcha sa petite torche électrique pour attraper le premier objet qui lui tombait sous la main – un lourd maillet de sculpteur – et le lança droit sur la poitrine de sa sœur qui avançait vers lui. Juste à ce moment-là, celle-ci trébucha : l'objet lui arriva en plein visage.

13

Dans le salon de la villa, éclairé seulement par quelques bougies et la lueur des étoiles qui filtrait entre les rideaux, Eduardo et Amanda demeurèrent longtemps assis en silence. Ils étaient épuisés par les longues heures de tension et de peur, accablés de culpabilité à cause de la mort violente d'Elvira. Leur seul réconfort était de se trouver à nouveau réunis, chacun apportant à l'autre un soutien silencieux. Ils se tenaient par la main. Peu à peu, la fatigue et la consternation laissèrent place à une vague de gratitude.

Au bout d'un moment, Amanda dit doucement :

« Ce sera ma maison. »

Eduardo, ému, lui lança un regard furtif. Comme cela se produisait souvent à présent, leurs esprits avaient suivi le même cheminement. La vue sur les jardins lui apportait une grande joie, et l'idée de partager ce plaisir avec elle décuplait son bonheur. Le jour, par la fenêtre, les collines de Toscane offraient un contraste étonnant entre falaises escarpées et champs cultivés. Le paysage était d'une beauté saisissante. Au pied des sombres montagnes s'étendait un patchwork de vignes, vergers et jardins magnifiquement agencés, rehaussés en été de bougainvilliers. Au printemps, la glycine tombait des toits et des terrasses, et en toutes saisons les géraniums s'alignaient aux fenêtres. Une ligne de cyprès noirs, un toit de tuiles rouges entre des arbres fruitiers, les feuilles dorées d'un châtaignier en automne : tout cela avait ramené Eduardo dans cet endroit. Il s'en était souvenu à Londres, Milan ou Turin, lors d'un dîner chez des amis, pendant qu'il supervisait la construction d'un viaduc dans les Alpes, ou dans sa loge à l'opéra. À présent, Amanda allait partager avec lui cette Toscane tant aimée. Sa solide main de sculpteur saisit un à un ses doigts délicats. Finalement, il dit :

« J'ai téléphoné à Renaldo. Il viendra demain pour assister à la messe d'enterrement de sa tante.

— Je vois. Viendra-t-il en voiture jusqu'à l'éboulement ?

— Oui, c'est la seule solution. La situation va être difficile pour lui.

— Que lui as-tu dit ?

— Seulement qu'elle avait eu un accident, une chute. La vérité devra rester entre nous.

— Mon chéri, ça n'était pas un meurtre. Tu ne voulais pas la tuer, seulement l'arrêter. Ce n'est pas ta faute si elle a trébuché. Nous en avons déjà parlé. Si elle était folle, pourquoi créer un scandale ? Pourquoi affronter un procès public, d'où tu ressortirais sans doute innocent, mais qui te ruinerait moralement ? Ce serait injuste.

— C'est vrai. Mon Dieu, c'est elle qui a tué Stella. Incroyable ! Dire que je n'ai rien soupçonné. En effet, un procès serait une épreuve terrible. Si l'on s'interrogeait sur les raisons de son geste, la rumeur courrait qu'elle nourrissait une passion incestueuse à mon égard

– ce qui n'est sans doute pas faux. Pauvre Elvira. Les gens extrapoleraient.

— Tu ne pourrais pas le supporter, Eduardo.

— Non. En plus, tu serais également impliquée, et cela, je ne peux l'accepter. J'imagine que certaines mauvaises langues à Florence connaissent ma sœur de réputation. Je ne peux pas t'associer à ce scandale. Acceptes-tu toujours de m'épouser ?

— Oui, bien sûr. Mon cher, le mensonge est bien plus aisé. La *marchesina* avait disparu depuis des heures, elle a trébuché dans le noir, s'est cogné la tête sur une balustrade en marbre, et nous l'avons trouvée avec le crâne ouvert. J'en témoignerai. Ça n'est pas très éloigné de la vérité, et nous devrons vivre avec, Eduardo.

— Tu as raison, bien sûr, mais la chose me hantera jusqu'à ma mort. Comme je vais avoir besoin de toi, ma chère femme.

— As-tu parlé de nous à Renaldo ?

— Je lui ai dit que tu étais ici. Je lui annoncerai la nouvelle demain, répondit-il avec un sourire amer.

— Pauvre garçon. Voilà des semaines que je suis partie. Cela représente des siècles, quand on a vingt et un ans. Espérons qu'il se soit trouvé une jolie fille.

— Il t'oubliera, ma douce, mais ce ne sera pas facile. Cependant, ça n'est pas une mauvaise chose que son premier amour soit inaccessible. Tu resteras toute sa vie *la lointaine princesse**.

— Sauf qu'il devra s'habituer à l'idée de m'avoir pour belle-mère, répondit Amanda, l'air contrit.

— Nous le lui annoncerons avec ménagement. Quand seras-tu prête à endosser ton nouveau statut, ma chère ?

---

* En français dans le texte. (*N.d.T.*)

— Dès que tu le souhaiteras.

— Je téléphonerai à Rome dès demain pour demander une dispense. »

Amanda rit de bonheur.

Le lendemain matin, la foule se massait de nouveau sur la place devant la mairie. Cette fois, tout le monde était silencieux. Un cordon de gendarmes armés de carabines, le visage fermé, leur faisait face. La tension était palpable, mais personne ne criait ni ne parlait.

À dix heures, le groupe d'Allemands sortit de l'hôtel sous bonne escorte. Aussitôt, il y eut un mouvement dans la cour de la mairie, et Talenti apparut, suivi de quelques hommes qui encadraient un Grussmann menotté, défait, qui avait perdu son arrogance. Talenti s'adressa à la foule silencieuse.

« Le prisonnier est à présent entre les mains de la justice. Nous l'avons arrêté, et il sera jugé devant un tribunal. Il ne sera pas autorisé à retourner en Allemagne avant d'avoir payé pour ses crimes. Respectez mon autorité, ne gênez pas notre passage. »

La procession traversa délibérément la masse menaçante, qui s'écartait juste assez pour libérer le passage. Lorsque gardes et prisonniers eurent atteint la porte basse du village, la foule se dispersa, sauf quelques dizaines d'hommes qui suivirent le convoi. Au bout de trois kilomètres de marche, les derniers curieux s'étaient découragés. Les policiers et le groupe d'Allemands avaient atteint l'éboulement qu'un solide chemin traversait à présent. Sur la route, un camion de police les attendait. Grussmann était mis en examen pour coups et blessures ainsi qu'incitation à l'émeute. Cette dernière accusation, portée sous le coup de l'émotion, ne serait sans doute pas retenue. Après son procès à Florence, il comparaîtrait devant un autre tribunal qui le jugerait pour crimes de guerre.

La tension baissa sensiblement. Deux *carabinieri* passèrent devant, et le groupe descendit le sentier étroit en file indienne.

D'entre les blocs de pierre qui surplombaient l'éboulement émergea le fin canon d'un fusil de chasse. Il suivit avec lenteur le mouvement des marcheurs en contrebas. On entendit une seule détonation, et aussitôt une lourde masse coiffée d'un chapeau tyrolien trébucha, se recroquevilla, tomba à terre. Ce fut la panique. Les *carabinieri* entourèrent aussitôt le corps, se penchèrent dessus.

Niccolò avait eu le dernier mot.

Composition et mise en page

NORD COMPO
multimédia

CET OUVRAGE
A ÉTÉ ACHEVÉ D'IMPRIMER
SUR ROTO-PAGE
PAR L'IMPRIMERIE FLOCH
À MAYENNE EN AVRIL 2008

N° d'impression : 71025-2
Imprimé en France